大崎
公園
石黒家
桜並木の見沼代用水
埼玉協同病院
工房「集」
県立
川口北高校
荒川

たんぽぽのうたがきこえる

石黒和枝
＋
おひさまの会

サンパティック・カフェ

はじめに

尚巌《たかよし》さん、
あなたが旅立ってから、一年が過ぎましたね。
少しは慣れましたか……
あなたの旅立ちは立派でしたよ。
母さんからみても、あっぱれでした。
よく頑張りましたね。
あなたは本当にたくさんの人のなかで育ち、生き抜きました。
そしてたくさんの人から幸せをもらいましたね。
母さんも、あなたのおかげでたくさんの幸せをもらいました。
あなたはいろいろな呼ばれ方をしましたね。
家族のなかでは「お兄《にい》」

安田家の邦博ちゃん、純一ちゃんからは「たかよし」
小さいときから一緒に育った劇場では「たかちゃん」
「川口太陽の家」に行ってからは、おとなとして受け止められ「石黒さん」と。
そして、いつもたくさんの人が周りにいて助けてくれました。
あなたは川口太陽の家の仲間たち、職員の皆さんや、
おやこ劇場の皆さん、ご近所の皆さんに、
シンガーソングライターたかはしべんさんの『たんぽぽ』の歌で見送られましたね。
とてもあなたにふさわしい旅立ちでした。

そのようすを見守ってくださったおやこ劇場の皆さんから、
あなたの生き抜いた姿を本にまとめようと励まされ、
ペンを執ることになりました。

これから、あなたと私たち家族の三十六年間の扉を開けてみようと思います。
いいですね……。

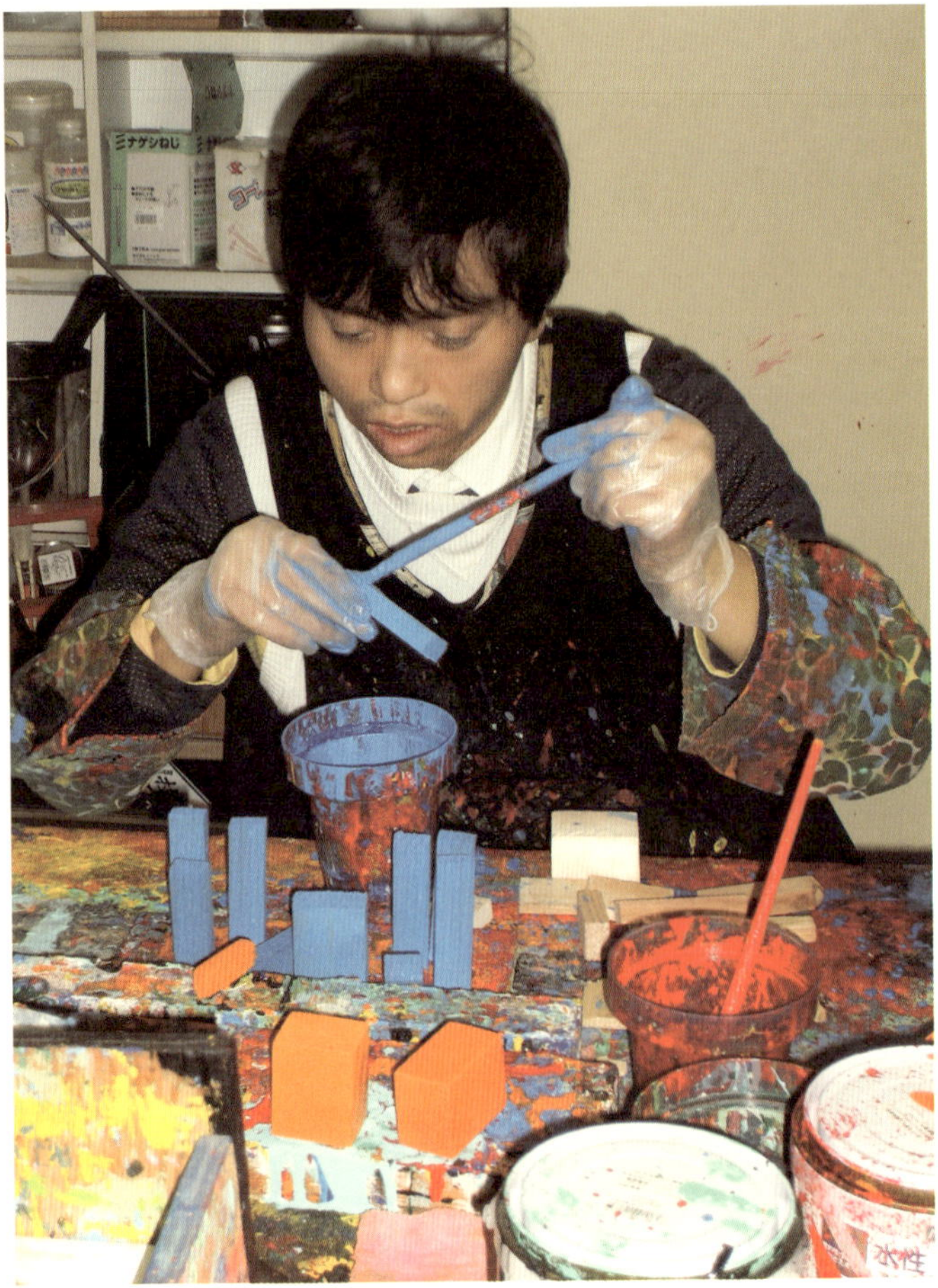
ナゲシねじ
水性

もくじ

五章——みぬま福祉会との出会い

六章——病気の発症——

七章——太陽の家での受け入れと取り組み——

八章——家族の願いに寄り添ってくれた病院——

九章――貫かれた信念

イラスト・カット——桜井愛子
写真——増田悦子
写真提供——川口太陽の家

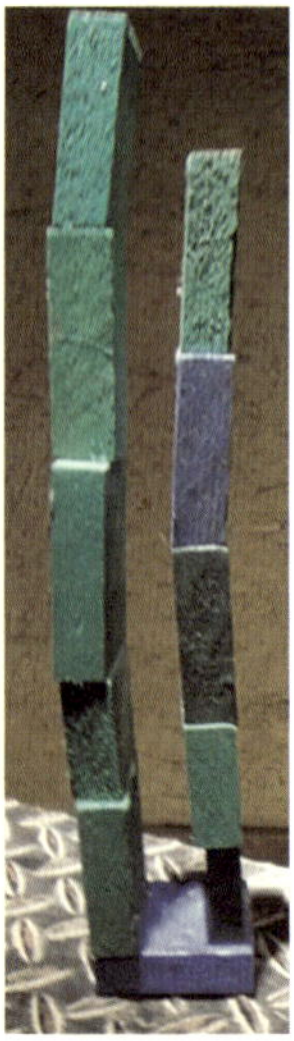

作――石黒尚巌

木工作品[本ページ・カバー]

和紙作品[見返し・カバー]

一章

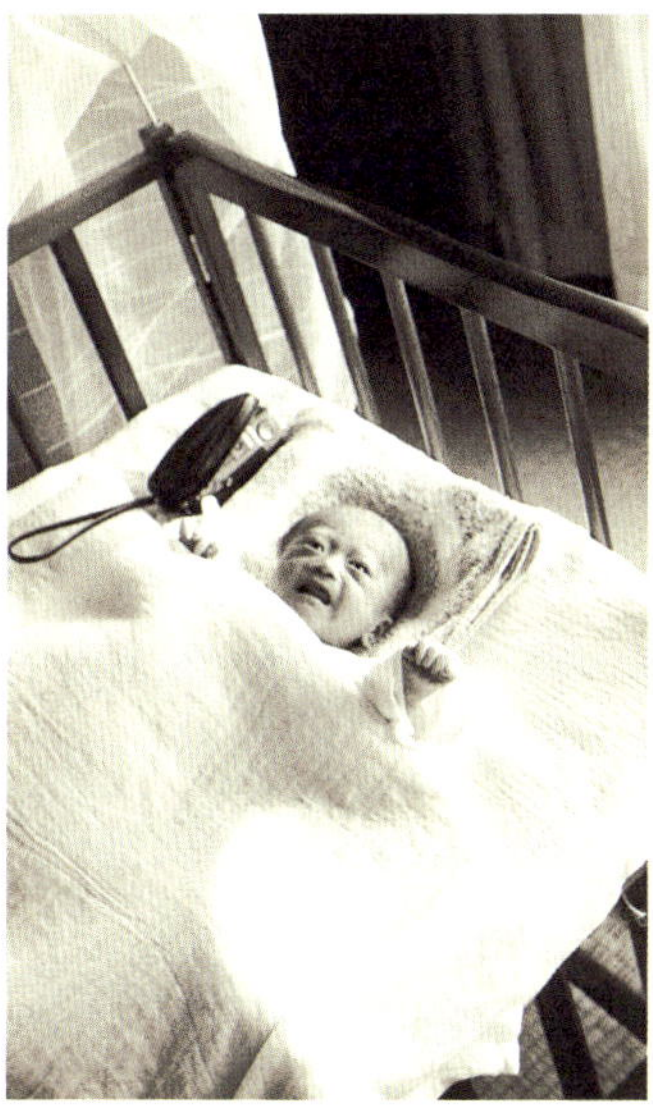

尚巌《たかよし》の誕生

尚巌の誕生

一九七一年九月九日、私たち夫婦に待ち望んだ第一子の誕生です。

ちょっと小さめでしたが、目鼻立ちのはっきりしたかわいい男の子でした。

ただ、すこし気になったのは、生まれたときから肌の色が黄色っぽい赤ちゃんだったことです。新生児黄疸とはなんとなく違うように感じられました。

母親の勘とでもいうのでしょうか、〝どこか違う〟ということだけは思っていました。

その不安が的中、母乳を吸う力が弱く、ミルクを併用しても一〇cc～二〇cc吸うのがやっとです。あまり泣くこともなく、とてもおとなしい赤ちゃんでした。

日中は誰かしらが面会に来てくれるので気が紛れましたが、夜ひとりになると不安が押し寄せてきて、呼吸も弱く感じられ、今夜命が絶えるのではないかと怖く長い夜を過ごしました。

母子一緒のベッドでしたので、眠れない日が続き、体も休まらず、母乳もますます出なくなっていきました。たまらずに看護婦さんに相談に行くと、「またですか、初めのうちはみんなお乳が出ないのですよ。吸わせているうちに出るようになるんです。よくマッサージしなさい」と怒られては、ナースステーションから戻ってくる日々でした。

後に娘を出産してその違いを知ることになりました。

尚巌のときは妊娠中の経過は順調ということでしたが、初産なのに予定日より十日も早く陣痛がきてしまい、陣痛と共に出血も始まりました。貧血状態にもかかわらず、病院ではなんの対応もされないので、不安だけが強くなっていったのを思い出します。分娩台でも、微弱陣痛で出てくる力が弱かったのでしょう。ここでも怒られながら、看護婦さんにお腹を押され一晩かかってやっと尚巌は生まれてきました。生まれてもすぐには泣かず、しばらくしてからやっと産声をあげ、ホッとしたのを覚えています。

そのとき以来、妊娠、出産に対する恐怖心がつきまといました。しかし、娘を出産することで、それは安心感に変わり、喜びの体験をすることができたことは嬉しいことでした。

今にして思えば、産院での不安がその後の尚巌の成長のなかで的中したことが多々あります。退院するときに相談したことがもう一つありました。

それは、両足をそろえたときに足の向きが少し違っているように思い、医師に相談しました。すると「人間両方まったく同じということはない。歩くようになったらわからなくなるもんだ。そんなに神経質になるんじゃない」と取り合ってもらえず、そのまま退院してきたのでした。

そして小学生時代まではふつうに歩いたり走ったりしていましたので、不安だった感覚も私のなかで薄らいでいました。ところが、思春期の頃から足の変形が始まり、補装靴を履くまでになったとき、原因はあのときからあったのではないか、と後悔のようなものが胸をかすめました。

しかし当時は、命を守ること、生かすことに精一杯で、親としても未熟で、尚巌には申しわけないことをしたと思うことが多くあります。

それでも尚嚴は、たくさんの困難（口の中の奇形、停留こう丸の手術、アトピー性皮膚炎、難聴の手術、発語もなし）を抱えながら、無事に生まれてくる生命力があったのだと思い、生まれてきてくれたことへの感謝を夫婦で確認し合いながら歩んできました。

病院通いの始まり

自宅へ帰ってから母乳はほとんど出なくなり、ミルクも一回に飲む量は五〇cc未満で、やせて目だけが大きく、手足も細く、まるで手長猿のようでした。

このままでは命が危うくなるということで、産院を退院後二週間目から、一日二本の栄養剤の注射を細い腕と細い太股に射つことになりました。そのために土曜、日曜も関係なく、毎日市内の小児科医院に通院する生活が三ヵ月間続きました。

今でこそ、むやみやたらに注射をしない治療方法が一般的になっていますが、この頃は、リンゲルの大量皮下注射を「これでもか」というぐらい打たれるのが当たり前のような時代でした。その結果、手足の麻痺が起きたり、筋肉が腫れたり、硬直してしまう人が出て、大きな社会問題となっていたのです。

幸い尚嚴は注射による麻痺などの後遺症はなく、安心しました。

生後三ヵ月になった頃、ちょうど十二月の寒い季節でインフルエンザが流行し始め、入院することになりました。入院中もまたほかの病気に感染してしまうほど抵抗力もなく、回復が遅く入院も長引きました。その後も尚巌は、体力がなかなかつかず、いろいろな病気になり入退院を繰り返しました。

「育たない」原因を求めて

三ヵ月を過ぎても「育たない」原因はなかなかわかりません。通院していた小児科の医師から、「この病院では限界があるので、別のところを紹介しますからそちらで調べてもらってください」と、東京慈恵会医科大学附属病院への紹介状をもらいました。

東京慈恵会医科大学附属病院では最初、ダウン症ではないかと言われましたが、そのとき専門医がいなかったため、染色体の検査はできないままでした。そこで、「千葉の国府台病院がダウン症の症例を多く扱っている」と教えられ、その病院にも行き、検査の結果、ダウン症ではないことを告げられました。ここでも尚巌の育たない理由はわからずじまいでした。

すると、そこの医師から、東京医科歯科大学附属病院に遺伝学の先生がいるので、染色体の検査をしたらどうかと勧められました。

そしてたどり着いたのが、東京医科歯科大学附属病院へ来ていた帝京大学附属病院小児科の木田盈四郎《みつしろう》先生でした。検査の結果、「ダウン症と似ているけれど、異常のある染色体の番号が十八番目でダウン症とは違う」ということでした。

そこでわかったことは、尚厳が染色体異常という先天的な障がいを持って生まれたこと、それまで十三症例しか確認されていないほど珍しく、いちばん長く生存したのは当時十七歳という例があるだけで、発達過程も、何歳まで生存できるのかもわかっていないということでした。

障がいの特徴としては、体が小さめであること、難聴と心臓の異常を伴うことがあるという診断でした。「たぶん五歳まで生きることができれば二十歳までは生きられるでしょう」と。

さらに、「妊娠の過程で、受精直後に何らかの作用で細胞分裂のときに突然変異が起こると、染色体に異常をきたしたまま成長してしまうことがある。細胞が弱いと成長できず流産をしてしまうことが多いが、息子さんの場合、生命力があり、あなた方夫婦に授かる運があったのでしょう。遺伝的なものではありません」と、説明してくださいました。

木田先生はまた、「息子さんは風邪と死が背中合わせにあると思ってください。風邪をひくことが命取りになるので、気をつけるように。僕は帝京大学病院にいるので、よかったらいらっしゃい」と言ってくださり、それから木田先生との長いお付き合いが始まったのです。

やっと育たない原因がわかり、夫婦でこのことを受け止め、前向きに歩き出せたとき、尚厳は一歳近くになっていました。

大きな失敗

先生のお話のとおり、我が家にとって冬が魔の季節で、寒くなると生活に緊張感がただよい、風邪との格闘が始まりました。お正月を病院で迎えることが何度かあり、桜の花が咲くのを待ち焦がれるようになりました。

帝京大学病院に通うようになってから、耳鼻科の診察で、木田先生の診断の通り難聴が判明しました。尚巌の場合は外耳道が針金のように狭く、しかも鼓膜までつながっていないため、音の入りにくい状態にありました。

耳の手術を左の耳だけ二度やり、外耳道を広げ鼓膜までつなげました。しかし、アトピー性皮膚炎のため、耳の中がただれやすく、結局、手術した聴力のよいほうには補聴器が使えず、生まれてきたときのままの右の耳にだけ補聴器をつけて過ごすことになりました。

そして帝京大学病院の言語訓練に一歳になった頃から通い始めることにしました。

当時、帝京大学病院の耳鼻科には全国から患者が来院し、子どもの言語訓練にも遠方から泊りがけで来る子どももいました。しかし、そのほとんどが難聴の子どもで、尚巌のような重複障がい児の受け入れは初めてらしく、指導者も試行錯誤の手探り状態でした。絵カードを使いながら発音の訓練をしたり、知識を入れていく学習形式の方式がとられていました。

尚厳も週一回訓練に通い、自宅でも発音のオウム返し的な方法で声を出す練習をやっていました。しかし声を出させようとすると尚厳は口の緊張のため、逆に声が出ない状態になります。知的な遅れと口の中の奇形（舌小帯短縮症《ぜつしょうたいたんしゅくしょう》で、舌が自由に動かず唇の外に舌を出せない。ミルクを吸えなかったのもこのことが原因の一つだったと考えられる）もあり、結局発語には至りませんでした。

そして、小学校入学前の市の発達診断の折りに、東京学芸大学の先生から言語訓練のしかたについて指摘がありました。知的障がいのある場合は、今のやり方では駄目だというのです。

「子どもに声を出させるのではなく（求めず）、親は実況放送のアナウンサーのように言葉かけをしなさい。言葉というのはお風呂の水のように頭の中でいっぱいに溢れるようになったときに出てくるもので、溢れる前に出させる要求をしては駄目なんだよ！」

「今のやり方を長くやればやるほど、取り返すのに時間がかかってしまう。体験することをいっぱいさせなさい」というアドバイスでした。

これを聞いて最初私の頭は真っ白になりました。よかれと思ってやったことが尚厳を逆につらくさせていたことに気づかされ、専門的な機関で何年も訓練を積んできたことを悔やみもしました。しかし思い起こしてみると、尚厳の楽しんでいないようすや、声を出させようとするたびに口の中が緊張し、かえってふだん遊んでいるときよりも苦しそうな詰まったような声になっていたことへの疑問が解けたように思い、納得もできました。

帝京大学病院にもこのことを相談し、訓練を遊びに変えてもらうことにしました。その後は無理に声を出させることもなく、楽しんで時間を過ごして帰るようになりました。

このときの経験は、親としての悔いの一つで、その後の子育ての私の教訓にもなっています。のちに私が劇場運動と出会い、体験のなかでの子育てに突き進んでいくきっかけをくれた大きな出来事でした。

共に生きる道の模索

出産をすると友人たちから二、三種類の「育児書」がお祝いとして届きました。

初めての出産・育児に困らないようにとの心遣いに感謝しつつも、私は言いようのない気持ちが湧いてくるのを感じていました。

小さかったけれど無事に生まれてきた、病気もしたけれど今尚巌は生きている。育児書に出ている月齢ごとの平均体重、平均身長のページを無意識に避けてしまう自分。何歳頃にはこんなことができる、どんな発達をする……。しかし尚巌は育児書のようには育っていない。

一歳ぐらいまでは育たない悩みが続き、親子で死を考えたことが何度かありました。尚巌の首に手をかけようとし、我に返ってびっくりしたこともあります。理性を失ってしまったときに悲劇が生じるということを実感しました。

尚巌の誕生から尚巌の存在を受け止められるようになるまで、時間がかかりました。

私は高校を卒業するまで郷里の山形で過ごしました。中学生のとき、生活困窮者支援のための街頭募金運動をテレビで見て、人の役に立つ仕事に就きたい、卒業後は福祉の道に進もうと決め、保育士の資格を取るため上京しました。

学生の頃から、養護施設の子どもたちに関わるボランティアサークルに所属して活動していました。そのサークルはさまざまな学校から学生が参加しており、夫と知り合うきっかけになった場でもあります。卒業後、私は養護施設の職員となり、ボランティアを受け入れる立場になりました。当然結婚後は共働きをし、出産後は復帰するつもりでいました。

しかし尚巌が誕生し、子育ての厳しさと見通しが見えないなか、社会復帰は難しいことを認識せざるを得ませんでした。自分はどう生きればいいのか、尚巌と共に自分らしく生きる道があるのか、悶々とし模索する日々が続きました。

そうした自分自身への問いかけのなかで見つけたことは、尚巌の存在は自分の生き方そのものであること、だから自分の生き方を尚巌のせいにしないこと、尚巌が生まれて幸せだった、と思って死んで生きたいと考えたことです。

二章

我が家の宝・安田家と尚巌の人生

一〇一号室と一〇三号室

尚巌が二歳になろうとする頃、私たちは新築の市営の集合住宅に引っ越すことになりました。その入居にあたっての説明会に、つばの広い帽子をかぶり、すらりとしたひときわ目立つ人がいました。タンクトップにミニスカート、かかとの高いサンダルと、ファッションも当時の流行の先端をいき、大きい声で誰とでもにこやかに話している彼女の姿は華やかで、私は思わず見とれてしまいました。

それが、私たち家族と安田さんとの初めての出会いでした。

それから三十五年、まさかこんなに深く、私たち家族と安田家が関わっていくことになろうとは予想もしていなかったことでした。

偶然にも同じ階で、我が家は一〇一号室のいちばん奥の突き当たり、安田家は二軒隣りの一〇三号室で、誰もが通過していく階段の前でした。当時、安田さんには五歳になる長男の邦博ちゃん、まだ一歳前の次男純一ちゃんという二人の息子さんがいました。

安田家のドアはいつも開いていて、その開放的な雰囲気にひかれるように、大勢の子どもたちがしょっちゅう出入りしていました。そこには戦隊ヒーロー物の人形やいろいろなおもちゃが溢れんばかりにあり、子どもが何人いても遊べるほどの宝庫でした。おまけに、ザリガニ、カメ、ダンゴムシなどの生き物も飼っており、子どもたちにとっては居心地のいい、憧れの場所だったのです。

尚巌も子どもたちの遊んでいる姿が見えると、ハイハイして安田家の前に行っては、座って中のようすを眺めたり、通路に置いてあるバケツの中のザリガニを、食い入るようにのぞき込んだりしていました。

そのうち純ちゃんはすぐ歩き始めました。尚巌はまだハイハイしたままです。あるとき安田さんに、「うちの子はもうすぐ一歳だけどお宅はどれくらい？　うちと同じくらいだと思っていたけど……」と聞かれましたが、すぐに答えられない自分がいました。

まだ障がい児の親として心の開きができていないときで、尚巌のことを聞かれると、話をそらして家へ戻ってしまったり、二人で外の砂場で遊んで時間をやり過ごしたりして、きちんと尚巌の紹介ができなかったのです。

それでも尚巌は、安田家の楽しそうなようすに、すぐにまたハイハイしてドアの前に座り込んでしまいます。そのうち、家の中に入れてもらって皆と楽しそうに遊んでいる姿を見るようになりました。尚巌を迎えに行くと、安田さんの気さくな話し方や、同じ東北出身ということもわかり、私のほうがだんだん居心地よくなり、尚巌と安田家に通うのが日課のようになっていきました。

娘の誕生

尚厳は三歳の誕生日になってやっと歩くことができるようになり、その頃から、尚厳に兄弟が必要なのではないかと考えるようになりました。

しかし、最初の出産で味わった不安はなかなか拭い去れません。それに尚厳の障がいが遺伝ではないとわかってはいても、つぎの妊娠・出産にはとても勇気がいりました。それでもやはり、尚厳を託せる兄弟が必要だと夫とも意見が一致していきました。

そうして第二子の妊娠がわかったとき、医師の勧めもあって羊水検査を受けました。

その結果をおそるおそる聞いた私は、尚厳を預けていた安田さん宅へ飛び込んでいきました。

「大丈夫だって……」

「よかった、よかった。たかちゃんもお兄ちゃんになるんだね」

そして、尚厳が四歳六ヵ月のときに娘、志乃が誕生したのです。

元気に生まれることがこんなにも穏やかで安心していられるのだと、尚厳を生んだときのことが思い出され、感慨深いものがありました。

娘は無事に生まれましたが、同時に私には「娘をどう育てるか」という大きな課題ができました。尚厳にたいしては、なんとか親が手をかければ育っていくと思いましたが、娘はいつかひとりで兄を背負っていかなければなりません。その日がくることを思うと、娘に申しわけなく思いました。親亡きあと、「兄の存在を受け止め、乗り越えていく力と強さ、自分で生きていく力をつけるにはどうしたらいいのか。人の痛みを感じられるにはどうすればいいのか」

いつもそのことが頭にあり、娘を育てるほうが難しい面もありました。

尚巌にたいしては、「待てる自分」がいるのに、娘には発達していくことが当然という感覚があり、当たり前のように「つぎを期待をしている自分」がいることの矛盾も感じました。

しかし日常的には、娘の子育てを通して健常児はとても発達が早くどんどん成長することもわかり、娘から育つ喜びを感じることができました。尚巌の場合は、発達の節目ごとに時間を必要とし、ゆっくりと発達していくことを体験しました。そして、どんなに障がいが重くても発達過程は同じであることを知りました。

今二人の子育てができて本当によかったと思っています。これも、安田家の支えがあったからこそ決心できたことでした。

育ての親

安田家の子どもたちと我が家の子どもたちとはまるで兄妹のように育っていきました。

尚巌はお風呂に入れてもらったり、お泊まりをさせてもらったり、娘が生まれてからはなおさらで、子育て全般にわたって助けてもらいました。

おそらく、ふつうでは頼むほうも、頼まれるほうも「障がい児」というだけで遠慮してしまうのでしょうが、安田さんは、本当に自然に受け入れてくれました。

尚巌は、週一回帝京大学病院の言葉の教室に通い、言語訓練を受けていました。娘がまだ小さく、子ども二人を連れていくのが無理な頃には、娘を安田さんに預かってもらい通院しました。子ども二人が同時に具合が悪くなったときなどは、私が尚巌を、安田さんが娘をおんぶして電車に乗り、西川口から板橋の帝京大学病院まで一緒に通院もしてくれました。

尚巌が幼稚園に行く頃になると、障がい児を受け入れてくれる幼稚園が近くになく、体が小さく恐怖心のない尚巌を、原付バイクの椅子にくくりつけ、遠くまで送り迎えしなければなりませんでした。一緒には連れていけない娘をどうしたらいいか困っていると、安田さんは、「うちに置いとけば?」と預かってくれました。

尚巌の登園の支度に手間取り、娘の支度まで手が回らない私のようすを見て、「しーちゃん、おばちゃんちで着替えよう」と声をかけてくれ、娘は毎朝パジャマのまま着替えの洋服をもって、「おばちゃーん」と安田家の玄関をくぐるのです。「おはよー、しーちゃん、おいでー」と温かく迎えてくれる毎日でした。

私が、幼稚園に尚巌を送り届けて戻ってくると、安田さんとお茶をしながら楽しそうに待っている娘がいました。朝ご飯までお世話になることもたびたびでした。

娘がおおらかに育ったのは、育ての親のいい影響を受けたのでしょう。やがて私にとっても姉のような存在になっていきました。

邦博《くん》ちゃん

安田家の長男邦博ちゃんは、娘が生まれる前、学校から帰ってくると真っ先に「おばちゃーん」とやってきて、大きくなった私のお腹をさすり、「いつ生まれるの、ねえいつ生まれるの」とお腹に顔をつけ、娘の誕生を誰よりも楽しみに待っていてくれました。

娘が生まれてからも、何かにつけて娘の相手をしてくれたり、尚巌とも遊んでくれ、我が家の子どもたちの兄のような存在でした。

邦博ちゃんは尚巌を遊びの輪に入れてくれるのがとても上手でした。友だちに「この子は体が小さく、早く走れないし、すぐ転んでしまうから、この子を押すんじゃないよ」と尚巌のことを説明しながら、皆を納得させてくれるのです。

運動会のかけっこの練習にも入れてくれ、皆も尚巌が転ばぬように気を遣いながら一緒に走ってくれました。リレーのように自分たちが本気で走りたいときは、「尚巌、危ないからここで待ってろよ」と、別な場所に移してくれるのです。そこで尚巌は皆が走り回るのを嬉しそうに見ていました。

尚巌は、ひとりで遊んでいるときは見かけは健常児とあまり変わりませんが、呼びかけに反応しにくいのでほかの子どもたちにはわかりにくく、尚巌を知らない住宅外の子どもから、からかわれたりいじめられることもありました。

そんなようすをちょっと離れたところで見かけたので、そばに行こうとすると、私より先に邦博ちゃんがそっと近づいて、人前ではけっして怒らずに「ちょっとこっちにおいで」とその子を箱ブランコに座らせて、「あの子はね、……。だから、仲良く遊ぶんだよ」と優しく諭してくれるのです。「あまり押すと倒れるから押すなよ。仲良くしろよ」と言葉はけっこう乱暴なのですが、本当に兄のように心配してくれ、周りの子どもたちを説得してくれていました。親の私が出て行かなくても治まったことが何度もあります。

邦博ちゃんは、子どもらしい優しさをもった、本当の「ガキ大将」でした。周りの子どもたちからも、一目置かれる存在だったのです。

ザリガニと戦隊もののヒーロー

尚巌のザリガニと戦隊もののヒーローの人形好きは、このときの安田兄弟の教えのたまものです。尚巌がその後も生きる糧とし、命が尽きるまで病魔と闘うことができた宝物に出会ったのですから……。

ザリガニは、当時安田家の通路に置いてある数個のバケツにうじゃうじゃ入っていました。尚巌は座り込んで、怖がりもせずザリガニを触るようになりました。

そのうち我が家でも、安田家にザリガニをもらったり、尚巌を連れて川にザリガニ釣りに行ったりするようになりました。夜中に尚巌がザリガニをいじって、朝目が覚めると布団の上をザリガニが歩いていて飛び起きたこともありました。

戦隊もののヒーロー人形は、安田兄弟が遊んでいるときは、尚巌はほかの人形を貸してもらい、ふたりの遊ぶようすをじっと見ていました。ふたりが外に遊びに出ていくと、待ってましたとばかりに、残された人形で遊び出し、ふたりの真似をします。買ったばかりの人形は高い所に上げられふたりは出て行きます。それは新しいものだと尚巌にもすぐにわかり、じっとそこを眺めて、誰かが取ってくれるまで辛抱強く待っていました。後に成長してからも新発売された人形が手に入るまでこだわる姿は、この頃から芽生えたものです。

途中、我が家が市営住宅から現在の地に引っ越して安田家と遠くなってからも、我が家で飼い始めた犬の「ゴン」が大好きで、邦博ちゃん、純一ちゃんは、よく遊びに来てくれました。邦博ちゃんはゴンの犬小屋に入って寝てしまうほどでした。この小屋は、大工だった安田さんのご主人の手作りで大きかったのです。

おやこ劇場も一緒に

三十年前、安田さんに子どもたちを預かってもらい、プークの川尻さんの呼びかけでおやこ劇場に出会いました。その世界にすっかり魅了されて飛ぶように帰ってきた私を見て、「踊っているようだった」と冷やかした安田さん。その安田さんもまた劇場に魅力を感じ、劇場の活動も一緒に始めることになりました。会員募集のために子ども連れで地域にチラシを配布して歩いたことが、懐かしく思い出されます。

私たちが引っ越しても、劇場の活動や事務所のなかで、我が家の子どもたちはとぎれることなく、安田さんに関わってもらえました。私が劇場の会議や泊まりがけの学習会に参加をするときも、二人の子どもを安田家に預け、泊めてもらい、朝、安田さんに尚巌を学校へ、娘を幼稚園に送ってもらうことで、子どもたちはいつもと変わらぬ生活ができたのです。

こうして二人で劇場の事務局を担いながら弥次喜多道中で二十数年歩いてきました。安田さんがいなかったら、私が劇場を続けていくことは難しかったでしょう。

安田さんは誰にたいしても謙虚で、けっして表に出ず、いつも「私にはこんなことぐらいしかできないから」と言いながら、陰でしっかり支え続けてくれました。相手の願いを汲み取り、さりげなく自然にやってくれる。そういう安田さんへの信頼感、安心感が、こんなにも長く素敵な関係をつくれ、この偶然の出会いが私の人生を豊かなものにしてくれました。

劇場の組織体制も変化し、次の世代に事務局もバトンタッチすることになりました。私たち二人の劇場への関わり方も変化し、安田さんは太陽の家のオレンヂホームの仕事に変わりました。

自立を目指し太陽の家のオレンヂホームに入所した尚巌は、事務所に帰ることはなくなり、オレンヂホームを第二の自宅としました。ここでもホームのスタッフとして働いていた安田さんに日中活動から帰宅後の生活を日常的に見てもらい、状態を把握してもらうことができたので、尚巌のその後の十年を家族も安心して見守ることができました。

本当に安田さんには尚巌の人生の三十四年間をそばで支えてもらいました。安田さんだけでなく、ご夫婦、家族ぐるみで私たち家族に寄り添っていただき、安田さんとその家族の存在は、尚巌を中心とした私たち家族にとって大切な宝物になっています。

千歳飴

三章

第二の人生の幕開け

突然の電話

一九七九年、尚巌が六歳、娘が二歳のときのことです。

当時の私は、尚巌と共に生きていける道、娘をたくましく育てる場を求めて、少し焦りを感じていた頃でもありました。

そんなある日、突然、一本の電話がかかってきました。それは「人形劇団プーク」の川尻原次さんでした。川口で「人形劇団プーク」の公演をやりたいので、川口市在住の「友の会」会員に、ぜひ協力をお願いしたいとの話です。

「え、プークの川尻さん?」

「人形劇団プーク」の名前は、学生の頃聞いて知っていました。尚巌が二歳を過ぎた頃、人形劇を観せてあげようと思い、迷わず『劇団プーク』の友の会に入会していたのです。

新宿にある『劇団のプーク』の劇場へも、よく家族で人形劇を観に行っていました。尚巌は、耳が不自由なため音には反応しませんでしたが、人形の動きを楽しみ喜んでいました。

プークという名に惹かれて子ども二人を安田さんに託し、バイクにヘルメット姿といういかめしい格好で、知らない男性に会うのに顔をこわばらせるほど緊張して出かけました。ところが、待ち合わせ場所にいた川尻さんは、初めてとは思えないほど親しみやすく気さくで、そのうえ話がなんとも魅力的で、思わず引き込まれるように聞き入ったのです。

「子ども劇場・おやこ劇場」との出会い

それは、「子ども劇場・おやこ劇場」の活動の話でした。

「いろいろなジャンルの劇団が、子どもたちに文化を届けている組織がある」

「年長者が年少者を導いて異年齢で育つ場を、母親と青年たちが創っている」

「親も子も集団で育ち合っていける場を、この川口で創ってみませんか」

「プークの公演を皮切りに、組織を創る準備をしていきませんか」

川尻さんが熱く、でもていねいに語る言葉ひとつひとつが私の心を揺さぶりました。


「子ども劇場・おやこ劇場」は、一九六六年九州の福岡から始まった、文化芸術や遊びの体験を通して子どもとおとなが共に育ち合える場を創る、という文化運動です。

六〇年代の子どもを取り巻く環境は、テレビや漫画の普及、加えて遊び場がどんどん減っていくなかで、子どもたちがしだいに外で遊ばなくなり、テレビが子どもたちの遊び相手となっている状況でした。さらに高度成長期には、〝父親は会社に〟〝子育ては母親に〟という社会現象も生まれ、この頃から受験競争も激しさを増し、塾やお稽古事に通う子どもたちも増えていました。「このままでは子どもたちが危ない！」と危惧する母親と青年たちが集まり、小さいときから質の高い優れた生の舞台芸術に継続的に触れる「鑑賞活動」（例会活動）と、「自分たちが自主的に創り出す活動」（自主活動）の二つを大きな柱として、「子どもに生の優れた舞台芸術を！」「子どもに夢を！」「たくましく豊かな創造性を！」のスローガンのもと、「子ども劇場・おやこ劇場」（以下劇場）という会を組織していきました。

川尻さんは、「これが全国に急速に広がって大きな運動となり、子どもたちが生きいきと育っている」という話をされました。

私はこの話を聞いて、「これこそ私が求めていたものだ」と直感しました。親も子も一緒に生きていける道、お互いに生かされていける道が見えるような、私の進む道に一点の光を見た思いでした。

川尻さんと別れて家路に着くときは、飛び跳ねるようなわくわくした気持ちだったのを鮮明に覚えています。子どもを預かってもらっていた安田さんには、「あんときの石黒さんは、踊っているようだった」と冷やかされます。それほど自分の求めていたものに出会えた喜びがあったのでしょう。

この劇場との出会いが、私の第二の人生の幕開けとなりました。その日からその不思議な、でも確かな魅力に取りつかれ、自分らしい生き方を求めて劇場運動と共に三十年を歩き続けることになったのです。

準備会のスタート

一九七九年、川尻さんの呼びかけで、川口市内のあちこちから集まった母親たちが、一同に会しました。三ヵ月先のプークの公演を成功させ、それをもとに川口に「おやこ劇場」を立ち上げよう、と準備会がスタートしました。

七月のある暑い日、第一回目の会議が市民会館の狭い会議室で開かれました。

五十人もの人が子ども連れで集まり、身動きもままなりません。冷房もなく、今では考えられないひどい状態でしたが、不思議に誰からも文句は出ず、川尻さんの言葉を一言も聞き漏らすまいと全身を耳にしました。

主婦だけではなく、教師、保育士、幼稚園教諭、看護師などいろいろな職業のお母さんたちがいました。みんな「『人形劇団プーク』友の会」会員です。川口にもこんなにたくさんの仲間がいたのだ、と嬉しくなりました。

川尻さんの言葉は新鮮でした。もともと人形使いの役者で演出家でもあった川尻さんの話術は巧みで、なんとも言えずわくわくした感覚におそわれ惹きつけられました。もっともっといろいろなことを知りたくなり、なんでもできそうに思えてくるのでした。

働くお母さんたちも多く、集まった準備会での会議は平日の夜か土、日でした。私は夫にどんなに反対されても家事を早めにすませ、子どもを連れてそそくさと出かけました。そこは、さまざまな価値観の人が集い、議論し合うおもしろさに溢れていました。一人ひとりが認められていく、今まで感じたことのない快感がありました。仕事をもっている人にも、職場の限られた付き合いでは得られない人たちとの交わりに、新鮮な驚きがあったようです。

子ども連れの忙しい毎日でしたが、今まで知らなかったたくさんの人との出会いで、「家事と子育てだけの生活」から一気に広がった世界に足を踏み入れ、毎日の充実感と生きている喜びを感じていきました。

さらにこの劇場運動は、子どもたちの文化的な環境づくりの社会的な運動でもあり、社会との接点を持ちながら生きていけることも魅力でした。

子ども連れで知り合いの所を訪ね、劇場の会員にお誘いすることや、知らないお宅を訪問して説明することなど、未知への緊張感も大きく、何から何まで初めての体験の連続でした。

一方、「川口は文化的なものは育ちにくい、赤字を生むとご主人に迷惑がかかるからやめたほうが無難だよ」と、心配してくれる行政の方もいました。当初五十人くらい集まったメンバーも、最終的には十五人くらいになりました。

それでもみんながひとつになり、「子どもにたくましさを!」「子どもに文化を!」のスローガンを胸に、着々と準備を進めていきました。

涙のプーク公演

一九七九年十月二十六日、とうとう本番当日です。いままで感じたことのない緊張感でいっぱいでした。入り口の看板がまぶしく光っています。見ると、会場の川口市民会館には長蛇の列ができていました。その光景を目にしたとたん、全身鳥肌の立つ思いでした。三ヵ月間、無我夢中で準備した第一回のプークの人形劇公演を、七百六十八名の会員で迎えることができたのです。

作品は『動物たちのカーニバル』と人形劇の『チビッコインディオの冒険』でした。

『動物たちのカーニバル』は影絵でしたが、当時としては大変珍しい外国人の演出で、サンサーンスの『動物の謝肉祭』の音楽にのせて役者が腕と手を使い、いろいろな動物を表現し影絵で見せるものでした。その手のしなやかさに魅了され舞台裏から見てみると、なんと男性五人の手でした。その動きと表現力のすばらしさに、メンバーは釘付けになるほどの感動を覚えました。

川尻さんはじめ、劇団の皆さんとも喜びを分かち合うことができました。

「お疲れさまでした。大成功でしたね。子どももお母さんたちもいい顔をしてましたね」

「川尻さんのおかげです。ありがとうございました」

「これからですよ。今スタートしたばかりです。これからも一緒に頑張りましょう」

感動の涙に包まれ、大成功のうちに「おやこ劇場」をスタートすることができました。

この成功で、一人ひとりの力は小さいけれど、みんなが力を出し合えば実現できるという体験が、それからの活動の大きな支えになっていきました。そして、子どもたちの舞台を見つめ引き込まれていく瞳の輝きに、その後の運営の厳しさも助けられていきました。


実は、川尻さんが私たちに「劇場づくり」の声かけをしたのは、偶然だったのです。あとで聞いたところによると、そのとき手を怪我していた彼は人形を使うことができないため、劇団から「ブラブラしているのなら、どこかで劇場づくりのきっかけをつくってきなさい」と言われたのだそうです。どこに行こうかと思案し、東京に隣接した川口にまだ「劇場」がないことを確かめてやってきた、ということでした。川尻さんは川口駅に自転車を預け、市内を自転車で一ヵ月間ほど走り回って、準備会をつくる人集めをしていたのでした。

当時劇場は、夫の転勤などで引っ越しをした母親たちが、子育ての不安から新しい地域で劇場づくりを始めたり、各地を公演して回る劇団の人たちが劇場のことを知らせ、劇場づくりのきっかけとなり、広がっていました。

川尻さんが川口を選んでいなかったら、今の私はいなかったかもしれません。

劇場は「人間大学」

川尻さんの言葉どおり、準備会の成功に酔いしれてばかりはいられません。これからが始まりでした。劇場をどのように運営していくのか。それには、とにかく学ぶことでした。私は安田さんに子ども二人を預かってもらい、全国の学びの場に参加していきました。

ある学習会で、劇場という場は「人間大学」であるという話を聞きました。それは、『劇場』では、四歳から会員として扱いますが、その前の赤ちゃんからお年寄りまで、幅の広い年齢層の人が集います。まさに地域社会の縮図であり、人間が溢れています。そのなかで人と人とが関わり合いながら、一つの目的をもって自分たちが考えたことを実現させていきます。そしてそのプロセスのなかで、ぶつかり合い、つくり上げ、達成感を体験したとき、お互いを認め合うことができます。学校では学べない『人が育つ人間大学』なのです」

「その手段の一つとして、子どもたちは優れた生の舞台芸術という文化に数多く触れて感性を豊かにしていきます。また、異年齢のなかで、自分たちが企画したことに責任をもちながら実現させ、達成感を味わうという〝ずっしりとした体験〟が欠かせないこと。この両面の活動を体験していくなかで、子どもたちは人と関わり合い、育ち合いながら、自分の生き方を自分で切り拓いていく〝生きる力〟を培っていくことができるのです」という話でした。

私はこれを聞いたとき、プークの川尻さんと出会ったときのような感動を覚えました。ちょうどそのとき私は娘に「生きる力」をつけることが課題となっており、娘の子育ての先が見えたような気がしたからです。

全国的な交流のなかで学んだもう一つのことは、「すべての活動には、目指す目的をきちんと持ち、それを実現するためにはどうしたらいいのか、可能にしていけるよう皆で考え、確認をし、共有していくことが大切である。そのためにはさまざまな価値観を持った人がいることで、その場、その会が豊かになっていく」ということでした。

これはまさに私の実感でもありました。

川口の準備会も、さまざまな立場の人が集まったからこそ、私はその会の魅力に引きつけられたのです。その後の会の運営を進めるときも、多様な価値観のなかで方向性を見いだせたことが、共感し合える喜びと楽しさとなっていき、今日まで劇場を続けてこられたのですから。

川口おやこ劇場の設立

私は準備会のメンバーに全国で学んできたことを役員に伝えながら「川口おやこ劇場」としての体制を整えていきました。

まず、本格的に発足させるためには何をすればいいのか。

そのときすでに県内には行田、浦和（現さいたま）、大宮、所沢、新座、入間、草加に劇場が設立されていました。近隣の先輩劇場から活動のノウハウを事細かに教えていただき、東京都の北区子ども劇場にも力を貸してもらいました。

また、関東地方の都県には劇場が手をつないだ「関東連絡会」があり、私たちのような新設劇場へのサポートをていねいにやってくれました。

こうして劇場の三要素となる「事務所」「電話」「事務局」が決まりました。

〔事務所〕市民会館の前のマージャン屋さんの二階を、安く借りることができました。

〔電話〕ＮＴＴに勤務している人が準備会にいましたので、すぐ取り付けられました。

〔事務局〕事務所で電話を受けたり、訪問者に「劇場」のよさを伝える事務局員が必要となり、必然的に仕事を持たない私と安田さんとで事務局を担うこととなりました。

当時まだ車の運転ができなかった私は、安田さんに娘を背負ってもらい、ふたり一緒にバスでの子連れ事務所通いが始まりました。

事務所を借りるまでは、会議の会場はもっぱら公民館でした。平日の閉館の夜九時は、あっという間にやってきます。まだまだ話し足りない気持ちを胸に帰途に着く毎日でした。

事務所を持つことができると、時間の制限がなくなり、ますます議論できる魅力に夜も更けるのも忘れ、ご主人に鍵をかけられ閉め出された仲間は一人や二人ではありません。ある人は物置で休み、ある人は車の中で一晩過ごし、子どもの部屋の窓をたたいて鍵を開けてもらったり……。

今では笑い話で語れるたくさんの思い出があります。

野口さんはプークの会員でしたが、舞台を一度も見たことがありませんでした。野口さんに娘さんが生まれたとき、妹さんが姪っ子かわいさに入会手続きをし、妹さんが娘さんを連れて人形劇を観に行っていたのです。

「私がプークを観たのは、劇場ができてからなのよ」と。

また、準備例会の『動物のカーニバル』には、同居しているお姑さんを誘いました。お姑さんは、「こんなきれいなもの、生まれて初めて見せてもらった」と、プークの影絵に魅了され、その後も自分が歩けるかぎり、お孫さんたちと舞台を楽しまれました。

それからは、野口さんが、忙しいなか仕事をしながら「劇場」の活動に出かけていくことをとがめるどころか、快く送り出してくれ、食事の後片付けも率先してやってくれたのでした。

「おばあちゃんが理解してくれたから、劇場活動に参加できた」と語っていました。

水上温泉での合宿

初めての総会を開く時期を迎えました。組織体制や規約作りなど、いろいろな準備をしなければなりません。それには子どもの夏休み期間を利用して、集中して話し合いをする必要がありました。しかし事務所でやるには、長い時間子どもたちに我慢をさせることになります。それならいっそのこと、子どもたちも楽しめるように合宿をしながらやろう、と群馬県水上温泉の施設を利用しての二泊三日の子連れ合宿が決まりました。

日中は子どもたちと思う存分遊びました。宿から歩いて行ける川に温泉が湧いているところがあり、みんな大はしゃぎで川遊びに興じました。お昼は川原で飯ごう炊飯とカレー作りなど、いっぱい楽しみました。準備会メンバーは年齢的に三十代が多く、子どもたちの年齢も近かったので、おとなも子どももすぐに仲良くなっていきました。

夜になり、子どもたちが眠ってからがおとなの時間です。帰る時間を気にせずに、思いっきり話し合いを深めることができ、にぎやかで充実した夜を過ごすことができました。

プークの川尻さんとの、それぞれの出会いも話題になり、大笑いをしました。

＊出会いその一

矢木さんは、子どもの保育園のバザーに出すために、自宅で保育園のお母さんたちと軍手人形を作っていました。そこに川尻さんから電話があり、「今みんなと人形作りで忙しいんです」と言うと、「ちょうどいい、そこに僕行きます」と言われたそうです。

「来られると邪魔だなぁ、まだまだ作らなきゃいけないのに」と思っていると、材料を広げているところに彼が来てしまいました。

そして「子どもたちにお芝居や、人形劇、コンサートなど、いろいろな生の舞台を観せていきませんか?」という言葉に、そこにいた人たちが「いいわね～」と言ったら、準備会に誘われ、集まりに行くことになったそうです。

*出会いその二

野口さんは看護師さんで、当時病院にお勤めでした。

たまたま休みの日、近くの小川で子どもたちとザリガニつりをしていたところへひとりの男性が自転車で近づいてきて、「釣れてますかぁ……」とのんびり声をかけてきました。その夜、自宅の玄関チャイムが鳴り、出てみると、そこに昼間声をかけてきた男性が立っているではありませんか。その男性こそ川尻さんだったのです。

そして野口さんは準備会で、「第一回のプークの公演までに百人の会員を連れてきます」と宣言し、私たちをびっくりさせました。「そんなことできるのかなぁ……」と思っていると、当日は本当に百人連れてきたので、またびっくりでした。

野口さんは、三ヵ月間で子ども会に働きかけ、やりきったのでした。

その後は「劇場の肝っ玉かあさん」として、劇団の人の食事作りや、打ち上げのときの大ごちそうなど腕をふるっての盛り上げ役です。また「子どもキャンプ」のときには看護師さんとして、救護にあたってくれる大変心強い存在でした。

この合宿での成果は大きいものがありました。おとなはお互いを知り、気心もわかり合えるようになったことで、その後の会議で大いに議論をし合えるようになりました。子どもたちにとっても会議のとき友だちのいる事務所に来る楽しみが増えました。

事務局の醍醐味

役員体制を決めるとき川尻さんは、この運動はふつうのお母さん方が主体になって進め、我が子の周りの人に広げていくことで、全国に広まってきたことを強調されました。

そこで運営委員長を矢木さんが引き受けてくださり、私は事務局長、安田さんが事務局員と決まりました。

事務局の役割には、会計、組織、舞台鑑賞（例会）という大きな三つの実務があります。

安田さんは、数年後には会計と組織を担当し、お金と人数の両面から情報を出してくれ、運営を考えていくうえで心強い存在でした。

私は事務局長の役割を担いながら、例会実務を担当していくことになりました。

組織や財政面から出される情報を元に、役員会に運営の方向性を提案していきました。また劇場全体にも責任を持ちながら、行政との窓口や、劇場関係の会議や学習会にも参加していきました。

例会実務としては、舞台芸術団体との窓口になり、劇団などの舞台芸術団体と細かな打ち合わせをしながら、会員みんなで例会の本番当日を迎えられるように準備をしていきます。

一方劇団からも楽しく当日を迎えるための情報が提供されました。それをもとに、お芝居のときは「稽古場を見学する」「台本を読み合う」「俳優さんや制作の方からお話を聞く」、太鼓の舞台は「自分で太鼓をたたいてみる」「演目の踊りを練習して、本番の舞台で一緒に踊る」、人形劇や影絵のときは「人形などを作ってみる」「自分たちで実際にやってみる」などを企画し、劇団と交渉しながら進めていきました。

会員たちはそれらに参加しながら、お互いにカルチャーショックを受けたり、楽しさが膨らんでいくなかで、ワクワクしながら当日を迎えることができるのです。

また逆に、劇団から楽しみにしてもらっていることがありました。

安田さんや野口さんをはじめとする「料理上手な肝っ玉母さんたち」には例会当日、舞台裏で出演者の食事を一手に引き受けてもらいました。出演者からは「お袋の味」と大変喜ばれ、宿泊先のホテルまで届けたこともあります。そんなご縁で、「近くまで来たから」と事務所へ寄ってくださる劇団の人が何人もおり、事務所を中心に豊かな関係がつくられていきました。

夢を語り共感する輪を

　また、事務局のもうひとつの役割として、劇場の夢を語り合い、共感していく輪を広げていきたいと強く願っていました。その意味で、サークルや各地域の会員さんとの交流は、劇場の理念や、方向性を伝え、劇場を知ってもらうチャンスであり、素敵な人と出会い、人を発掘できる大切な場でもありました。

　例会の会場として、学校や幼稚園、神社、公民館、集会所等での公演が実現できたのも、各地域で一緒に取り組んでくれた皆さんがいたからです。地域の子どもたちも一緒に巻き込みながら、劇場の活動を地域へ発信していく機会になっていきました。

　さらに、学校を開放してもらい十年以上継続してきた手づくりの「子どもまつり」がありました。校長先生の理解も得られ、学校の子どもたちのたくさんの参加がありました。ちょうど学校の裏手にある安田家の愛犬「もも」は、子どもたちのアイドル的存在でした。子どもまつりの当日は「もも」のファンも多く、毎年日程を空けて楽しみに待っていてくれるようになりました。

　それは会員の先生方の全面的な協力があったおかげでした。学校側との橋渡しとなり、異動になると、つぎの先生にバトンタッチをし、会員として責任を持ち合ってくれたことで、事故もなく継続してくることができました。

もうひとつ地域に発信できた活動として、川口市南平文化会館との共催公演が十四年間継続できたことです。文化会館の予算に応じて劇場が責任を持って作品選びから、当日の運営まで主体的に取り組んできました。会員は例会の一つとして参加し、市内の子どもたちにとっては安い参加費で生の舞台を鑑賞できる大切な機会となっていました。劇団の人との協力で継続してきましたが、残念ながら市の財政難のためになくなってしまいました。

事務局は、劇場の外からも内からも、情報が集まってくるところです。それに劇場の夢を乗せながら仕掛けていく面白さは、事務局の醍醐味でもあります。主体的に取り組み、それをやりきったときにあふれるみんなの笑顔が、私のこのうえない喜びとなっていきました。

四章

ずっしりとした体験が育てるもの

川口らしい劇場創り

川口での劇場創りを考えたときに、尚厳を含め、障がいのある子どもたちも一緒に育ち合うなかで、人に優しくなれる場づくりを目指したいと考えました。

おとなも多様な価値観に触れることが自分自身を豊かにするように、子ども時代こそ、さまざまな子どもたちが一緒に過ごすなかで、一人ひとりが違うことが当たり前という意識が育つのではないだろうか。それはまた健常の子どもたちにとっても、自分への気づきや自己肯定をしていく機会になり、「偏見」や「差別」をなくしていけるのではないかと思いました。

そのためには、我が子を中心に据え、他人の目にもさらしながら会を進めよう、それが尚厳の親になった私に与えられた役割かもしれないと思い、川口の劇場らしさを求めて歩き始めました。

劇場の存在が知られるようになるにつれ、障がいのある子どもの入会が増え始めました。そのうちに生の舞台を観るときだけでなく、地域で企画した活動にも障がいのある子どもの参加が見られるようになってきました。そしてだんだん障がい児も健常児も一緒にいることが当たり前のような雰囲気がつくられていきました。

尚厳を劇場のなかで

劇場のこうした雰囲気のなかで尚厳は、さまざまな年齢の子どもたちやおとなたちと関わりを持つことができたのは幸いでした。

家族以外の人も声をかけてくれることで、ニュアンスの違いを聴きとる力がつきましたし、耳からの情報が入りにくいぶん、人の動きをよく見ていて、模倣することから理解を深めていくようでした。そのうち周りを見ながら少しずつ大勢の人と対応できるようになっていきました。

例会当日は、事務局として出演者を迎え入れるため、私は子ども二人を連れて朝早く会場に向かいます。会場では子どもたちも、配布物の準備を手伝ったり、楽屋の役者さんと触れ合ったりしながら舞台裏を見て育ちました。そのことが二人にとっては舞台への興味がいっそう湧くきっかけになったようです。

会員数が多くなり、一日二回公演になってくると、子どもたちも朝早くから夜遅くまで会場にいることになり、そこでは役員の子ども同士のつながりが深くなっていきました。

しかし、娘が小学生になった頃「なぜ私たちも朝から一緒に行くの？　家でもっと遊んでいたいのに……」という不満が出ました。それを耳にした夫が「君たちはみんなより得してるんだよ、二回も舞台を観られるんだから」と言うと、娘は「あーそうかー」と一緒に行くことを納得し、逆に楽しみにしてくれるようになりました。親の都合で子どもたちを振り回しているのではないか、という後ろめたさがあった私の気持ちは軽くなり、救われました。

開演時間になると、夫や役員の方が尚巌を会場の中に入れてくれ「あの辺りで誰ちゃんと一緒にいるから大丈夫だよ」と伝えてくれたので、私は安心して開演の準備や会員への対応ができました。

耳の聞こえにくい尚巌でしたが、舞台の動きを目で観てわかるらしく、静かな場面でも尚巌の「うふふ……」という笑い声が聞こえてきます。「たかちゃん、よく笑って観ていたね」と周囲の人の理解に支えられながら、しだいに場面の雰囲気も感じ取れるようになって、劇場以外の一般公演の舞台も静かに観ることができるようになっていきました。

ある時期、会員を増やす取り組みとして各地域の会員が主体となり、それぞれの地域の会場で舞台公演を観る活動（地域公演）を川口市内の十二ヵ所でやったことがありました。周りに声をかけ合い新しい仲間を誘いながら、一つの作品を二週間かけて公民館、幼稚園、神社、お寺、町内会館などさまざまなところを借りて公演するのです。

そのときも尚巌は事務局の私と一緒に全会場を回り、同じ舞台をすべて観ました。

尚巌は観るたびに舞台の楽しさを満喫し、「たかちゃんは毎回本当に楽しそうに観るね～」と劇団の人たちが声をかけてくれました。舞台からも表情がよく見えたようです。そして、ただ観るだけでなく準備や片付けの段取りもすっかり心得て、「たかちゃん、これやってくれる～」と頼まれると、得意顔になり、にこにこして劇団の人の手伝いをするようになりました。こうして人と関わりながら一緒に創る楽しさも知っていったようです。

障がいがあっても継続していくことで、どの子も観る力は育つということを、我が子を通して実感することができました。

また、劇場の存在は、娘にとっても大きいものがありました。二歳から劇場のなかで育ってきた娘は、家にいる時間より劇場の事務所にいる時間のほうが長かったかもしれません。

娘にたいしては、劇場のなかでは兄の面倒を見させることはしない、娘が娘の世界を思いきり楽しめるようにする、ことを心がけました。

そして、いつも兄を見えるところに置くこと、そのなかで兄をどのように受け止め、自分の人生をつくっていくかを見守ることが、親の役目だと思っていました。

母娘の時間

娘は生まれたときから兄、尚巌の存在がすでにあり、娘と二人だけの時間を過ごすことはほとんどありませんでした。

尚巌が障がい児学級のある複式の小学校へ入学し、現在の地域に越してからは、安田さんとも離れてしまい、小学校も遠いので、私が車で子どもたちの送迎をするようになりました。

朝、家族みんなで家を出て、尚巌を学校に送り、娘を幼稚園に届けるまでの一時間くらいが、娘とふたりでいる大切な時間になりました。当時はまだ、朝早く親子で利用する人など少なかったマクドナルドでお茶をしたり、絵本を読んだり、遊具で遊んだり、静かにゆったりと過ごすことのできる貴重なひとときでした。

そして、娘が就学するとき、あえて娘を尚巌と同じ学校に越境入学させました。

大きくなれば必然的に離れ離れになっていきます。小学生くらいまでの子ども時代は、兄妹一緒のところで、お互いに姿が見える関係でいて欲しい、家庭以外での兄の姿を知って欲しいと思ったからです。二人の担任の先生方とも密に連絡を取り合い、協力をいただけたことは心強いことでした。

我が家でよく娘に言っていたことは、「お兄《にい》があなたの分も全部背負ってきてくれたから、あなたは健康で元気に生まれてきたんだよ、きっと。お兄に感謝しようね」ということでした。夫の協力もあり、娘のことはずいぶん引き受けてもらい、気持ちの負担も少し軽くなっていきましたが、ただ一度だけ、娘が小学生のとき、本気で娘の頬をたたいたことがあります。

それは娘の「どうせ私よりお兄のほうが大事なんでしょ！」という言葉でした。

兄の尚巌は、耳の聞こえが悪いため一度では反応せず、娘なら一回で呼ぶところを、数回呼ぶことになってしまいます。何回も呼ばれているほうがかわいがられていると思ったのでしょう。

また兄のほうが体も弱いし体力もないので、家の手伝いも、できることが限られていました。

娘にとっては、兄が何もしないで遊んでいる王子様に見えたのでしょう。

親子で言い合いをしていたときに、とっさに娘から出た言葉に手が出てしまいました。謝りながらも娘を傷つけてしまったことは、自分の心のトゲのように残っています。

ずっしりとした体験の場〝子どもキャンプ〟

劇場のさまざまな活動のなかでもとくに子どもたち自身がつくり出す活動に、野外で過ごす「子どもキャンプ」があります。小学四年生から中高生・青年・おとなが参加する劇場の活動の集大成ともいえる活動です。

中高生の子どもたちが、自ら考え、他者へも想いをめぐらし関わり合いながら、責任を持ってやり遂げていく、そして感動と達成感を味わう、まさに「ずっしりとした体験」のできる場なのです。

小学四年生は初めて親元を離れ、年長者たちと共に、火起こしから始まる薪での食事作りなど、集団のなかで人と関わりながら三泊四日を過ごします。不便な生活や遊びを通し、自立への第一歩となる体験をします。

企画・実行する側にまわった中学生・高校生は実行委員になって、初めて参加した子どもたちの不安な気持ちを汲み取り、みんなで楽しく過ごしていけるよう一日の生活のプログラムから三泊四日間の生活を自分たちで創り上げ、準備を進めます。

青年たちはその実行委員に寄り添い、支えながら、考えなくてはならないポイントを示していきます。ときには中心に立ったり、おとなと中高生の間に入ったり、縁の下の支えになったり、安全面も考慮しながら楽しく生活ができるよう、実行委員会の状況に合わせて立場を変えていきます。

私たちおとなも、準備の段階から実行委員と青年とで一緒に考え合い、信頼関係を創る努力をしていきます。本気で中高生や青年たちと向き合い、寄り添い、エネルギーを出していくことが求められているのです。

とくに、自分たちのやりたいキャンプを、自分たちで責任を持って創り上げていくことを実感してもらうために、子どもたちに「なぜ劇場でキャンプをやりたいと思っているの」「今年はどんなキャンプにしたいと思っているの」「その企画はなんのためにあるの」という問いかけを大事にしました。一人ひとりが自分の考えを出し合い、相手のことを理解し、共有するなかで、一つの方向性が生まれてくるものと考えました。

実行委員はキャンプ前日まで、タイムテーブルに沿ってシミュレーションをします。安全面では青年とあらゆる場面を想定しながら、話し合い、対応について詰めていきます。その確認ができると、自分の気持ちのなかで、当日に向けてゴーサインを出していけるようになります。そうした実行委員と青年との共感と信頼関係が見えると、おとなの安心感が生まれるのです。

川口の子どもキャンプでめざしたもの

川口で子どもキャンプを取り組むにあたって、どうしたら「ずっしりとした体験」ができるかを考えたとき、さまざまな人との関係づくりにこだわった集団づくりをしていきたいと思いました。

キャンプには、尚巌以外にも障がいのある子どもも参加します。キャンプの説明会では、劇場の子どもキャンプに取り組む意義や、劇場運動の目指していることを話し、

「劇場のキャンプは、障がいのある子どもも含め、さまざまな子どもが一緒に参加し、生活を共にしていく活動であること」

「そのなかで子どもたちがいろいろなことに気づき、違いを知る場になって欲しいこと」

「ご自分のお子さんが、障がいのある子どもにたいしていろいろな見方をしたり、疑問を持ったとき、否定したり、隠したりせず、そこから親と子の話し合うきっかけにして欲しいこと」

を伝え、親御さんたちに劇場のことを理解してもらう大切な機会にしていきました。

青年とおとなたちは、そのお子さんの障がいについての情報を共有し、班のなかで子どもたちがお互いに生かされあうように見守りながら取り組んでいきました。

子どもたちは、障がいのある子どもが班に参加することで、一緒に行動ができなかったり、生

活もスムーズにいかなくなることを体験します。なかには、障がいのある人をおかしいと言ったり、差別する面が見えてくることもあります。人を傷つけてしまうときは、班の流れを止めてでもリーダーと班を担当する青年が中心になり、ときにはおとなも加わって話し合いをします。

私は尚嚴のことを例に出しながら「障がい」について説明をし、障がいがあるためにみんなと同じようにできないこともあるが、時間をかければできることもたくさんあり、楽しむこともできることを伝えていきました。班のなかに、学校内に障害児学級があり交流をしている子どもがいたりすると、一緒に話しをしてくれるので助けられました。

リーダーはこのような場面に出会うことによって、班のなかの子どもたちの内面に気づき、不安を取り除いていく努力をしていくことになるのです。この話し合いをきっかけに障がいのある仲間に関心を持ち、輪のなかに入れてくれるようになったりします。

キャンプの取り組みを通して、子どもたちは健常児だけでは気づかない障がいについて、自分自身について、いろいろな疑問にぶつかります。そのなかで、人は皆違い、その人らしいものがあることを知る自分の気づきの機会にもなるのです。また、年上の人から優しさをもらった子どもがやがて大きくなり、年下の子どもたちに優しさを返していけるようにもなっていきます。

「子どもキャンプは子どもの成長に欠かせない！」この実感が、二十七年間安全にキャンプを続けてこられたことの基になっていると思うのです。

私は、今でも体験にまさるものはないと思っています。

班のなかの尚嚴

尚嚴は小学校四年生から毎年のようにキャンプに参加しました。

養護学校の中等部までは尚嚴もまだ足の不自由さもなく、みんなと一緒の動きもとれていましたので、班のみんなと一緒に、青年にサポートしてもらい楽しく生活していました。

言葉はなくとも「たかちゃん、たかちゃん」と呼ばれ、班の子どもたちもいろいろ尚嚴の面倒を見てくれたり、気づかいをしてくれたり、仲間として受け入れてくれていました。

高等部に進んでからは足の変形も出始め、体力的にも班員と一緒の行動が難しくなっていきました。年齢的にも小学生とは差が大きくなってきたので、班には入らずおとなの班で私と一緒にキャンプ生活を送ることになりました。

尚嚴がおとなの班で参加したときでも、「たかちゃんはしゃべらないけど、いろいろ片付けてくれるよ」「よく気がつくね、ありがとう」と小学生から声をかけられていました。

キャンプ場では、かまどの所や炊事場が好きで、食材を切ったり、薪を入れたり、彼なりの楽しみ方を見つけ、好きなキャンプファイヤーではダンスをしたり、みんなのなかにいることが嬉しいようすでした。キャンプ生活にすっかり慣れている彼は、何をするかが見通せて行動できるようになっており、体験の強さを垣間見ることができました。

そして何よりも大自然のなかで大好きな昆虫に夢中になり、ながめたり、追いかけたりしながら生きいきと動きまわり、みんなの姿を見てはニコニコと満喫していた姿が昨日のことのように思い出されます。

娘のキャンプ生活

娘も小学生の頃はギャングエイジとして、存分にキャンプを楽しみました。中学生になり、リーダーも経験し、さらには、実行委員会を動かしていく立場の本部も経験し、近年は実行委員会を支える青年として関わってきました。

彼女は、キャンプから自宅へ戻ると必ず涙し、リーダーとしての悩みを語る一方、親子であるがゆえに劇場のなかでは言えなかったおとなとしての私の関わり方にたいする厳しい評価もありました。

キャンプのなかで、時間が押してくるとおとなは待てなくなり、口出し手出しになってしまい、子どもたちの主体性を奪ってしまうこと、また、おとなはどうしても管理しないと不安になってしまうこと、おとなは頭で考えて、子どもたちに要求してしまうことなど、厳しく追及されてきました。結局それが、帰ってから親子の間でのキャンプのまとめになったのです。

おとなの私たちはなかなか自分の価値観を変えることができず、何年も我が子からの追及を受けていくなかで、少しずつ私自身もおとなとしての向き合い方を学んできました。そしてそれは、我が子の成長も合わせて感じる大切な時間でもありました。

この関係ができた頃から、劇場のなかでは「おかあさん」の呼び名ではなく、「石黒さん」という呼び名に変化し、対等な関係になっていきました。その関係の心地よさを今も感じています。

キャンプを経験して今感じること――――……

――リーダーの経験が今に

石黒志乃

私のリーダーデビューは中学二年生でした。

今までよりお姉さんになった気がして嬉しかったのですが、班員を全然知らない班のリーダーになったときの不安は大きく、当時はリーダーがとても苦手でした。

リーダーをやったある年のキャンプファイヤーで『浦島太郎』の劇を出し物にしようと練習をしていたときのことです。

浜辺にいる亀を子どもたちがいじめるというシーンで、皆恥ずかしがりながらも和やかに練習していましたが、そのうちに、亀役の子がしくしくと泣き出してしまいました。

理由を聞いてみると、いじめる役に、彼の仲良しの男の子がいて、お互いに仲良しだったゆえに、つい度が過ぎて、亀役の子を何回か蹴ってしまったのです。役とはいえ、本当に蹴られたので悲しくなったとのことでした。本人も役になりきってやったことなので、どちらが悪いということではないのですが、結果としてお互い傷ついてしまったのです。

私はどうしていいかわからず呆然としているところに、実行委員長が声をかけてきて、私は思わず泣き出してしまいました。

実行委員長が間に入り、じっくりと男の子二人の主張を聞いてくれました。結果二人のわだかまりは解け、仲直りをして、新しい出し物をするということで、皆納得しました。

私はこのときの体験が、後に自分が実行委員長になったとき、班員とこういう関わり方をしたいというお手本になっていったと思います。

リーダーが楽しい、と思えるようになったのは、高校生二年か、三年生のときでした。

初めて参加した小学四年生の子が、班になかなかなじめずにいたのに、だんだんと自分に心を開いてくれ、最終日には、私のひざ元に座って甘えてくれました。彼が家族の話をしてくれたり、私と別れたくないなぁと言ってくれたことは、すごく心に残っています。

何度か経験をしていたとはいえ、班員の心のケアをすることはとても難しく、まだ何か足りないと思っていた気持ちを、その子が私に今の関わり方でよかったことを気づかせてくれました。このときに初めて、リーダーをやってよかったなぁ、班員てかわいいなぁと心から思いました。

自分が心を開いていくことによって、相手も開いてくれると体感したときです。

おとなと意見が衝突したり、実行委員会のなかでも意見が合わなかったり、キャンプを仕切っていく役割のときには、当日進行が予定したように進まなかったり、いろいろな危険を想定して行動しなくてはいけなかったりと、課題はたくさんありました。

そのときに、自分の想いをどうしたら伝えられるか、相手の言っていることはどういうことか、何を求めているのか、自分の任務は何かなど、考え、話し合っていくなかで、一緒にキャンプを創っていく仲間たちとの絆が生まれていきました。ときには泣きながら口論したこともありますが、そのぶん絆が強くなり、今では一生大事にしていきたい仲間がたくさんいます。

青年というポジションになってからは、自分と班員、自分と三役との二者間での向き合いから、組織的にもっと幅広い目線を持っての関わり方に変化していきました。リーダーの大変さ、楽しさ、踏ん張りどころ、班の連帯感を感じたときの嬉しさなど、自分が経験し成長できたことを、つぎの世代に伝えていくのが役割なのかも知れない、と思い始めました。

かつておとなたちが、年齢に関係なく生意気でも精一杯の自己主張にきちんと向き合ってくれたように、私もそうして向き合っていきたいと思って関わってきました。

私は、今は結婚し子育て真っ最中で、キャンプという言葉がとても遠いですが、いろんな場面でキャンプの経験が生かされています。

仕事の場面や夫婦の関係のなかで、自分の意見をきちんと相手に伝えること、相手の意見を聞くこと、話し合いをまとめること、先を考えて行動すること、いろいろな行動パターンを考えること、すべてにおいて私は劇場のキャンプでの経験が基盤となっています。

子育てにおいても、夜中寝られなくとも、キャンプ中の寝不足に比べたらまだ楽だとか、子どもの行動を見守ろうとか、子どもが何を求めているのか考えようとか、子どものペースを大事にしようとか、自分に言い聞かすことで客観的に子どもを見るよう努めています。

そう、自分がかつてキャンプでおとなに抗議したように。

――危機管理を学んだキャンプ

町田英征

私の感慨深いキャンプのひとつに十四年前のキャンプがあります。

その当時リーダーを任せたいと思った高校生世代と交流できる環境をつくりたいと思い、その意向をおとなと共有することから始まりました。

とくに安全面の問題に関しては、おとなと意見の相違があったため、彼らと劇場のキャンプ運営にあたっての安全面・危機管理の意味、未成年者が他人の命を預かる重さと責任、最悪の状況を想定した場合の対処のしかた、その最前線で対応する未成年のリーダーの役割等、事前の学びのなかで幾度となく議論しました。

そうすることによって、しだいに彼らのなかに、自分たちが単純にやりたいというだけのキャンプではなく、大切な命を預かって行なうキャンプという認識が生まれ、自分たちに何が出来るか「傷票の作成・救急笛の携帯等」、どこまで対処すればよいのか「その場を離れずの救急要請・おとなへの状況報告と引継ぎ」等が明確になっていき、班単位の危機管理を考えたキャンプでの班行動が確立され、全体行動の危機管理を確立させていきました。

それまでは約五ヵ月で行なっていたキャンプの事前準備期間を、約一年間かけて計画し取り組みました。リーダーたちは大変だったと思いますが、キャンプが近づくにつれ、おとなと対等に交流できるようになっている自分たちの変化は、キャンプを応援してくれている親御さんにも感じられたと聞いています。

キャンプが終わり無事親御さんの元に子どもたちを帰す際に、リーダーたちが思い思いの表現で子どもたちと触れ合っている様、ある人は泣きながら班員と抱き合ったり、ある人は笑顔で話していたり、ある人は班員と写真を取りまくっていたり、それぞれの個性が出たなんとも言えぬ光景でした。そして何か嬉しかったです。

十四年経った今なお、石黒さんはじめ変わらぬおとな、その当時のリーダーがおとなとなり現役で活動している環境は貴重だと思っています。

今の自分が言いたいことはひとつ、劇場が好きな人こそ他の世界を経験すべきであり、いつかその体験を劇場に還元するというそんな循環を起こしていい転換期にきていると感じています。

――泊まり込んで話し合った三役の絆

松井麻実

いちばん印象に残ったキャンプは、自分が三役だったとき、前日に事務所に泊まり、三役で話し込みをして、そのままキャンプの集合場所に直行したことです。

それは、当日に向けてスケジュールや企画などは決まっていくものの、キャンプの中心的立場の三役が、同じ方向に向かっているのか不安になっていたからです。

三役それぞれがアルバイトや他に予定があり忙しく、三役会を持つことすら大変なうえ、なかなかお互い本気で意見をぶつけ合うことできずに、三役全員が向き合えていない感じがしたのです。

このような三役では、不安で四日間を過ごせないと思い、おとなに相談したところ、「三人で話し合ってから当日を迎えてみれば?」と提案され、前日に急きょ泊まって話し合うことになりました。

「自分はこれで合っているのか?」「本当にみんなは納得しているのか?」「他の二人はどう思っているのか?」二人の気持ちが知りたいと打ち明けて、やっと一歩踏み出せた瞬間でした。

思いを打ち明けたことにより、他の二人も思っていることを話してくれ、お互いの距離が縮まり、相手を理解できました。お互いの考えに共感できたので、不安を取り除くことができ、当日を迎えることができました。

キャンプ当日四日間も、雨が降ったり、企画のスケジュール変更など、問題があるたび、三人で向き合って話し合いができ、キャンプを無事につくることができました。

「なんでも思ったことをやっていいよ」　藤田華菜子

劇場の子どもキャンプは、私を変えました。私は、小さいときから、やりたいことも思いきりやらず、ずっと「いい子」でいなくてはと思って生きてきました。

小学五年のとき、初めて子どもキャンプに参加したとき、心の底から楽しかった。なんでも思ったことをしていいよ、と言われたのは初めてでした。その体験が、どんなにつらくても、生きていける源になっていきました。

子どもキャンプの実行委員会では、青年やおとなから「なぜキャンプがやりたいのか」ということをいつも問われました。「なぜ」と問うことは、自分と向き合わなくてはなりません。日々の生活のなかで、「自分」についてまったく考えたことがありませんでした。私は、人間なのか、何を思っているのかを、いつも考えるようになりました。私はどういう

子どもたちがやりたいことが思いきりできるキャンプをするには、子どもたちを知らないとできない、その子を「知る」ためには、私が自分自身を知らなくてはならないし、仲間を理解しな

いとできない。仲間と共にその子を見て、その子自身を理解していかなくてはいけませんでした。その体験が「人」を知り、「人」を認め合うことにつながっていきました。

私は、「自分」がない子どもだったと思います。けれど、子どもキャンプの活動が、自分と向き合うことの大切さに気づかせ、生きていくなかでいちばん大切なことは、人と認め合うことだと教えてくれたように思います。

子どもキャンプをつくってきてくれた劇場のおとなや青年達に感謝し、「子どもキャンプ」の活動を続けながら、子どもたちに認め合う大切さを伝えていきたいと思っています。

——憧れの瞬間が味わえずに

桜井愛子

私は、自分がいつ劇場に入会したのか記憶にありません。気づいたら劇場っ子でした。おとなになった今日まで、退会せずにこうやって続けている根源にあるのは、劇場で出会う人たちがとても素敵だから。

今でこそ「青年」という仲間になれたけれど、小学生くらいのときは、困ったとき助けて励ましてくれたり、怒られたり、本気で楽しむ姿を見せてくれたりする自分と歳が離れたお兄さんお姉さんが、本当に格好良くて、憧れで、うらやましかった。とくにキャンプから帰ってきた最後の「チクサクコール」。いいキャンプであればあるほど最後の瞬間はその場にいる全員がひとつになって、泣けてくるほど気持ちがいっぱいになる。

私もそんなキャンプをつくりたくて大学二年のとき、キャンプの中心となる「三役」を務めたことがあります。高校時代に思うように活動できなかった分を取り戻したいような気持ちもありました。

初めての三役は他の二人とも経験のないなかで、なんだかギクシャクしていました。お互いに言いたいことがあるのに遠慮して言えなかったり、相容れない議論は諦めてしまったり。形だけ創ることをなぞって実行委員会を重ねても、何だかいちばん大切な中身が無い。

行く直前になって目指すキャンプが三役で少し見えたものの、十分納得とはいかないまま。そのため、共につくり合い、班をまとめる役のリーダー、実行委員、当日参加の青年、おとなとの本当の話し合いもできずに本番を迎えてしまいました。

追い討ちをかけるように当日は雨続き。実行委員が一生懸命用意してくれた企画の規模が小さくなり、キャンプのメインである「ファイヤー」は火なしで室内で行なうことになってしまったのです。

キャンプを終えて帰り着いた私は、憧れの瞬間を味わえず、ただ悔しさがいっぱいで泣けました。

何が足りなかったのか……やはり話し合いが足りなかった。話し合うことは共有すること。話し合いは情報を「知っている、分かっている」というレベルで留めるのでなく、ぶつかりながらもお互いの意見を出し合って、多数決でなく、みんなにとっての最善策を探っていくこと。「なぜキャンプをするのか?」「リーダーの役割は何なのか?」「楽しいってどうしたら楽しくなるのか?」その話し合いのなかで別の考えを知り、互いを知っていく。そうして仲間になっていく。時間がかかることだけど、それをしなければいいキャンプにはならない。

私の憧れの青年たちはその信頼関係があったからこそ、それぞれの持ち味が存分に発揮されていて、格好良かったのだと思います。

学校でも会社でもない、この会に自分が育ててもらった経験をもっと他の人にもしてもらいたいし、自分が憧れの人たちに少しでも近づけたらいいと思っています。

劇場で育ててもらった子どもたち

劇場は今の子どもたちに最も不足している人と関わる体験がたくさん詰まっているところです。さまざまな立場の人とのコミュニケーションを通して、人への配慮や思いやりが育てられ、人を受け入れていく力や、困難に直面したとき乗り越えていく力を培うことができると思っています。

また、子どもが家庭のなかで見せる姿は一面であり、私たち親の知らない面もたくさん持っています。子育てでは、子どもを丸ごと捉えることが大切だと思います。そのためにも、子どもの周りに我が子を見守り、支え、関わり合う人の輪をどれだけ用意してあげられるかがカギとなるように思うのです。

子ども二人が通っていた小学校は劇場の事務所の近くにありました。二人は事務所に帰宅し、夜、親子三人、ときには職場が事務所の近くだった夫も加わり親子四人で自宅へ戻る生活が続きました。事務所にはいろいろな人が集まっていたため、異年齢のおとなの親代わりの人が何人もおり、多くの人に見守られ、子ども二人は豊かな子ども時代を過ごすことができました。

当時は劇場の会員数も二千名近くおり、専従の青年事務局員もいました。事務所では日常的に子どもの遊びサークルがあり、外遊びや人形劇もやっていました。

娘は放課後、家に帰るまでの時間を、学校のクラスメートと遊んだり、劇場の活動に参加しながら、心ゆくまで楽しみました。

尚巌も、たくさんの人といろいろな体験をしてくるなかで、どんな所へ行っても、彼の持ち味で淡々と対応していけるようになりました。

子どもの権利条約と劇場

一九八九年、国連で「子どもの権利条約」が批准されました。

その後、日本でも国内の批准に向けた動きが全国の劇場の呼びかけで急速に高まっていき、一九九三年に日本でも批准されました。

日本で批准された条約を、劇場のなかでどのように伝え、会員みんなのものにできるのか考えたとき、みんなで継続して学び合うことで、権利条約は「自分たち自身のこと」であると気づけるのではないかと思いました。

それにはまず「子どもの権利条約」とはどんなものかを知ることからです。

さっそく、教育学者の大田堯先生をお呼びし勉強会を開きました。

「子どもの権利条約」は、第二次世界大戦中のポーランドで、アウシュビッツ収容所の子どもたちの人権を守るために闘ったコルチャック先生の精神が生かされ、貫かれた条約であること。

権利とは英語で「ライト」といい、「道理に基づいた」とか、「当たり前」という意味を持つこと。おとなと子ども、子ども同士が道理に基づいた関わりをしていくための地球規模での取り決めが、子どもの権利条約であること。

その内容は、一人ひとりが違って当たり前で、その子その子の持ち味を生かし、人と関わり合いながら響き合って成長していくということ。つまり「子どもらしく、その子らしく生きる」という意味であり、「子どもを丸ごととらえていく」ことだと学びました。

そして公民館の会議室で小学校の先生を囲んで、条文のひとつひとつをていねいに読みながら、何が書いてあるのか、何を言おうとしているのか、学習を始めました。

条文そのものは、とても難しく容易に理解ができませんでしたが、我が子のこと、学校のなかでの子どものようすなどを出し合って、お母さんたちと話をしているうちに、だんだんと自分のなかで一本の柱が揺るぎなく立ってきたような感覚を覚えました。

劇場運動にはマニュアルはないと言われ、私たちおとなは「これでいいのか」と自問自答しながら子どもたちと関わってきました。

劇場は、子どもが文化的なものに触れ、学校や家庭以外の地域の人との関わりのなかで、その子らしく生きることを目指し、子どもを丸ごととらえていく運動です。そのためにおとなは、子どもたちとどう向き合っているのかが問われ、関わり方の大切さを感じて過ごしてきました。

私は、この権利条約と出会って、劇場が目指していることは、子どもの権利条約を実践していくことだとわかり、今まで無我夢中でやってきたことへの裏づけをされたように思い、この方向でよかったのだと自分自身励まされました。

それからは、子どもの権利条約を会の基本に据え、この精神を実現していくこと。そして、いつもこの精神に立ち戻って進んでいけばよいのだと劇場運動への誇りと確信を持つことができました。同時に私の気持ちもとても楽になっていきました。

夜桜キャンプ

子どもの権利条約の素晴らしさを知り、より身近なものにできないかと考えました。「自分の権利」を受け入れてもらえたときの気持ち、逆に、受け入れてもらえなかったときの悲しみを、子どももおとなも体験することで理解が進むことを願い、そのためのワークショップを何度もやりました。

当時の埼玉県の連絡協議会では「子どもの権利条約」のカルタ作りもしました。絵札をB４サイズの超特大にしたもので、子どもたちに絵を描いてもらい、色を塗ってもらいました。ふつうサイズのカルタではあまり興味を示さなかった子どもたちも、体育館一面に広がった特大の絵札を夢中で捜します。何度も繰り返すと条約のエッセンスを盛り込んだ言葉が耳に残るようになっていきます。自然に理解してくれたらとの願いが形になりました。

またアフタフ・バーバンにお願いして遊びのワークショップをしていくなかで小学生が「夜桜キャンプ」をやりたいと願っていることを知り、それを実現させていく取り組みもしました。ソメイヨシノより早く咲く安行桜の下にテントを張り、寝袋にくるまって星も眺めながらのお花見となりました。

時間を気にせず、友だちとのおしゃべりが遅くまで続きました。自分たちの考えたことを自分たちでやり遂げていく体験は、ワクワクドキドキ、ぞくぞくするような心地ではなかったかと思います。子どもたちの生きいきとした顔、きらきらした目に、私たちにまでその気分が伝わってくるようで、頼もしさを感じました。

当時、小学生だった彼らが成人し、おとなと一緒に劇場のことを語ってくれるとき、あの夜桜キャンプを思い出すのです。

感動の舞台『アンネの日記』

あるとき、鳩ヶ谷市の公民館で講演会があると聞き、とくに内容を確かめることもないままサークル活動の「野草摘み」のあと、役員の方と二人で行ってみました。

それは、フリーライターの野村路子さんの講演でした。野村さんがお嬢さんと東欧を旅行したときに出会った「テレジンに収容された子どもたちのこと。その子どもたちに少しでも子どもらしい時間をつくってあげたいと、命がけで子どもと向き合ったおとなたち」の話でした。

まさしく「子どもの権利条約」。もうひとりのお母さんも「もっとたくさんの人に聞いてもらいたい」という思いで、さっそく野村さんの連絡先を伺い、数ヵ月後、おやこ劇場の主催で野村路子さんの講演会と、収容所の子どもたちが描いた絵の展示会を開くことができました。それをきっかけに、野村さんの話を聞いた方たちが、ＰＴＡや地域の学習会などに紹介し、多くの人たちに広がっていったのです。

つぎに、「子どもの権利条約」の精神を生んだコルチャック先生の映画があることがわかり、日本でコルチャック先生の研究をされている新保庄三さんに講演をお願いして、映画と講演の集いを開きました。そこに来てくださっていた野村路子さんから、私たちは夢のようなお話しをいただいたのです。

「皆さん本当に熱心に勉強していますね。素晴らしいことです。私の友人に劇団民芸の演出補をしている人がいるのよ。『アンネの日記』に関わっているのだけれど、もう終演になるようなことを聞いているの。この劇場さんで、上演作品として取り上げることが可能でしたら、友人に話をしますよ」と言ってくださったのです。

ちょうどその頃、埼玉県内の劇場が、県内すべての子どもたちに生の舞台芸術を届けようと舞台芸術祭「彩《さい》・幸《さい》・祭《さい》」を企画しているところでした。

『アンネの日記』を上演できるなんて、想像もしていませんでした。

「子どもの権利条約」についての取り組みを始めて二年、その集大成として『アンネの日記』のお芝居を見て、追体験ができることになったのです。権利条約については、それからも会員の皆さんと学んでいくのですが、大きな流れに乗ってここまでこられたことを喜ぶ意味を含めて、『アンネの日記』は最高のプレゼントになりました。

この日を迎えるまで、劇場全体でみんながさまざまな動きをし、それぞれの役割をもちながら、締めくくりにふさわしい取り組みに集中していくことができました。会員みんなで学んできた「子どもの権利条約」を、すばらしい舞台を通して皆で体感し、共感し合えたことは、今思い出しても「これぞ、劇場」という感じがします。

一九九八年六月『アンネの日記』は、劇場の内外からもたくさんの人が集い、感動の舞台となりました。

五章　みぬま福祉会との出会い

複式学級から養護学校へ

小さい頃尚巌は、食事の量も少なく体も小さかったため、入学を一年猶予して障害児の複式学級に入学しました。小学校では複式学級と普通学級の交流がときどき行なわれていたので、普通学級の子どもにとってもいい経験になるのではないかと考えていました。

小学校高学年になる頃には、少しずつではありますが、体力もつき、入院の回数も減りました。クラスメイトに幼稚園からの友だちもいて、ランドセルを持ってくれるなど尚巌の身の回りの世話をしてくれることが多く、いろいろな場面でやってもらうだけの立場でした。

中学生になると、押されたりぶつかったりするとすぐ転ぶので、体の安全面を考慮し、養護学校に移りました。この養護学校に移ったことが、尚巌にとって人の役に立つ喜びを味わうよいきっかけになりました。

この学校は、身体に障がいのある子どもたちを多く受け入れていたため、車椅子使用の生徒が多く、尚巌は移動のときに、友だちの車いすを押してあげることができたのです。

今までのやってもらうだけの側から、人のためにやってあげることができる側に立てたことが、彼の自信になり成長につながりました。どんな人でも他人のためにできることがあるというのは大切なことだと学びました。尚巌は、養護学校では積極的に行動し、いつも生きいきとした表情をしていました。

高等部の頃、運動会で応援団を務めたことがありました。両手に応援の扇子を持ち、片足立ちで皆に向かってリードする頼もしい尚巌の写真があります。

娘には兄のいた三年間、運動会は必ず見せました。

小学校高学年だった娘は、数十台の車椅子が連なる競技を初めて見たとき衝撃を受けたようでした。彼女が今まで経験してきた運動会のそれとは、まったく違うものだったからです。

娘も何か感じ取ってくれたのではないかと思っています。

また尚巌は、一年間の寄宿舎生活も体験し、親元を離れての生活に友だちの関係も広がっていきました。

自ら選んで「川口太陽の家」へ

養護学校で六年間生きいきと過ごした尚巌は、高等部三年のとき、卒業後の進路を決めるために川口市内の数ヵ所の施設でそれぞれ数日間、仕事（作業）を体験する実習をやりました。

実習中の尚巌の表情はいろいろでしたが、そのなかで、「川口太陽の家」での実習がいちばん尚巌らしく過ごすことができたようで、とても楽しそうに帰ってきました。

太陽の家のことは以前から存在だけは知っており、理念的にも共感していたのですが、卒業後の進路は、尚巌自身に選ばせたいと考えていました。そのようすを見て親も迷わず太陽の家を選択しました。これは尚巌が自分で決めたものと思っています。

十七年前のことでした。

みぬま福祉会

尚巌が通うことになった通所施設「川口太陽の家」は、「どんな重い障がいの人も受け入れる」「誰をも切り捨てない」という理念のもとに、一九八五年、今から二十五年前に「社会福祉法人みぬま福祉会」として結成されました。

現在は通所七施設（デイケアサービスを含む）、入所二施設、生活ホーム、ケアホーム、地域支援センター、居宅事業等を運営し、二百名以上の障がい者が仕事をしています。

施設に障がい者を合わせるのではなく、障がい者に仕事を合わせていく方針が貫かれ、障がいのある入所者を、共に生きる「仲間」と呼んでいます。職員も同じ働く同志として、職員と仲間は対等な関係にあるのです。

みぬま福祉会の魅力は、一人ひとりの願いに寄り添った職員と仲間の関係づくりと職員集団にあることを実感してきました。言葉でうまく伝えられない仲間たちの願いに寄り添い、仲間の声に耳を傾け、悩みながら向き合っていく職員の姿がありました。その職員と仲間の共に成長していく姿を目の当たりにし感動すると同時に、一人ひとりの仲間の状況に対して職員が一丸となって取り組んでくれる集団の力の大きさも感じていました。

私たち親は、その職員と職員集団をとても大切な存在と受け止め、「職員は宝」を合言葉にし、誇りに思っています。

川口太陽の家での尚蔵

川口太陽の家では、「表現活動を仕事」と位置づけ、自己表現としてステンドグラス、絵画、織物、木工、紙すきと和紙、書などの作品作りをしています。

尚蔵もステンドグラスから和紙、木工の仕事に移り、仲間や職員との関わりを楽しそうにしながら、色を塗った木片で自分のイメージしたものを形作っていました。

仲間たちの作品は、年に数回作品展を開催することによって、社会の評価を受けることになります。そのことは作り手の自信となり、次の作品作りの意欲につながっていくようです。またお互いを認め合う機会となり、作品作りへの刺激になっていきます。

作品の根底にあるのは、その人らしさの表現であったり、彼らの生きる姿、そのもののようにも思えるのです。その作品を生かし商品化することに職員が集団で努力している姿が見られ、職員の感性も仲間たちの作品によって磨かれていくのを感じています。

親からの自立へ

一九九三年、尚巌は無事に成人式を迎えました。障がいが判明したときに帝京大学病院の木田先生に言われた、「五歳まで生きられたら二十歳まで生きられるだろう」という二十歳の壁を、家族で乗り越えられたことを喜び合い、多くの方に支えられたことに感謝しました。

同時に尚巌の将来を考えたとき、親離れ、子離れをし、親の元気なうちに時間をかけて自立への土台づくりをしたいと考えました。それが娘への負担も軽くしていくことになると思いました。

また、尚巌自身も青年期を迎え、自我が芽生えるにつれ、家族、とくに父親の言葉に敏感に反応し、衝突することが多くなっていました。「○○しなさい」とか、「そんなことやっちゃ駄目」とか言葉で注意されると、ふだんはなんでもなく受け入れていたことでも、気に障ると怒り出し、自分で話せないぶん尚巌のほうから父親に手が出てしまい、取っ組み合いの喧嘩になりおさまらなくなります。尚巌は、諦めることをせず、泣きながらでも父親に向かっていき一時間くらい喧嘩が続きます。

私はこのような場面にたびたび出会い、二人とも少し距離をおいた関係づくりをする時期にきているのを感じ始めていました。ちょうどその頃、太陽の家で、家庭に近い形で地域で暮らす生活ホームづくりが始まることを知り、私もその準備の仲間に入れてもらいました。

オレンジホームで

一九九九年四月、生活ホーム「第一オレンジホーム」が開所されました。川口太陽の家から車で五分くらいの所にあるふつうの一軒家で、まず五人の仲間が暮らし始めました。その後、第二オレンジホームが新築されると、尚巌はそちらに移り、仲間も九人に増え、個室で過ごせるようになりました。

尚巌は、朝ホームから太陽の家に出勤します。そして日中は太陽の家で仕事をし、ホームに帰ると、スタッフの皆さんの手助けを受けながら共同生活を送り、週末に自宅に帰るという生活が始まりました。

養護学校時代も一時期寮生活を経験していましたので、親のほうはあまり不安もなくスタートさせることができました。

しかし、親元を離れ家族以外の方にお世話になる尚巌のようすをあらためて見たときに、あまりにも手助けが必要な尚巌の状況に愕然とする思いでした。

親は小さいときから徐々に生じてきた状況に当然のように対応していましたが、歯磨きも、自分ひとりでは歯ブラシを持つ手に力が入らず綺麗になりません。仕上げはスタッフの手助けが必要です。トイレも便のときは自分で拭いても十分にはできないので、確認をしてもらわないといけません。おしっこのときも自分からはなかなか行かず、声をかけられると慌ててトイレへ行く状態で、下着を汚すことも多くあります。入浴も足のふらつきがあり、介助が必要でした。

何ひとつ自分でやりきれることはなく、養護学校時代よりさらに手がかかる状況になっていました。足が悪くなり補装靴を履くようになってからは、足の指が締め付けられ、水虫や親指が巻き爪にもなり、朝晩の薬での手入れも必要となりました。

このような尚厳の状況にもかかわらず、スタッフの皆さんの献身的な支えで、尚厳は快適に過ごすことができたのでした。

トイレでは「今日は○かな?·×かな?·」と問いかけられると、本人が両手で○を示したり、失敗すると自分で頭にゲンコツのしぐさをして笑いながら反応していたようです。

夜の遠足

オレンヂホームでの生活が始まって間もない五月の初めに、川口太陽の家から、「すみません、石黒君がいなくなってしまいました」と電話がありました。私と夫は職場から駆けつけ、全職員の皆さんと手分けして思いあたるところを探しました。川口太陽の家周辺や、東浦和方面や、東川口周辺のお店、さらに川口駅方面に向かって夜中まで探し回りましたがみつかりません。

そこで私たちは、「職員の皆さんに責任はありません。尚厳の意志で出かけていったのですから。私たち夫婦は、『息子さんは生まれたときから死と背中合わせにいる』と帝京病院で告げられたときから、何かあったときの覚悟だけはいつも持とうという確認をしながら今日までやってきました。これだけ皆で必死に探してもみつからないのですから、何かあったとしても尚巌の運命だと思います」と伝えました。

劇場の皆さんも夜遅くまで探し回ってくれました。安田さんは「こんなことで尚巌を死なすわけにはいかん！　私が絶対みつける！」と夜が明けるのを待って出かけていきました。太陽の家で捜索願いのチラシを作って皆で出かけようとしていた矢先に、安田さんから電話が入りました。

「たかちゃん見つけたよ～。ジャスコの駐車場にいたよ～」

本当に皆で胸をなでおろしました。尚巌は安田さんと一緒に疲れたようすで戻ってきました。

そのとき尚巌は、拾ったと思われるおもちゃ屋のレシートを握っていました。想像するに、ヒーローもののキャラクター人形が欲しくて、太陽の家から八キロくらい離れている川口駅前のそのおもちゃ屋さんに行ったけれど、欲しいものはなくて、大型スーパー・ジャスコで買い物をしようと開店を待っていたようです。夜中じゅう歩いていたのでしょう。

所長の松本さんは、ザリガニを釣りに行って川にハマったのではないかと、夜中に川まで捜しに行ったり、全職員が総出でさまざまな所を捜してくださったそうです。

このことは太陽の家が開所して以来のことで、歴史に残った出来事でした。

尚巌はどんな一夜を過ごしたのでしょう。

家族も救われたホーム

尚巌は自宅ではマイペースで淡々と過ごすため、ホームでは一人部屋であまり仲間との関わりもなく過ごしているのではないかと心配していました。私が訪ねてみると、仲間の皆さんが尚巌の部屋に一人、二人と集まってきては一緒にテレビを見たり、本を見ている姿がありました。スタッフの方からも仲間と過ごすようすを聞いたりして安心しました。

娘がひとり暮らしを始めてから、尚巌は両親だけとの関わりになっていましたので、ホームでは仲間やスタッフの方など、毎日たくさんの人との関わりが持て、自宅とはまた違った表情で生活を楽しんでいるように思えました。

そして何よりも父子関係が改善され、二人とも久しぶりに会うため、余裕を持って接するようにもなり、穏やかな関係になっていきました。父親も尚巌の帰りを待ちわびるようになり、尚巌が帰ってくると「尚巌お帰り～」と迎え、尚巌も「おー」と手を上げて「ただいま～」の挨拶を交わすようになりました。一歩おとなの関係に近づいていったのを感じました。

さらに今まで自宅では見られなかった、トイレや部屋に入る前にドアをノックするなど、尚巌の仕草に少しずつ変化が出てきました。

この十年間のホームでの生活体験は尚巌の内面を豊かに成長させてくれました。人への気遣いや何気ない仕草にもおとなになった尚巌を見ることができ、社会性が培われ大きな財産となっていくのを感じました。

そして、その十年間には、私たち家族が危機的状況に陥ったことがありました。それは、父親が心筋梗塞、二度の脳梗塞で緊急入院、さらに母親の私が腰の手術と術後に腰を曲げることが不可能となり、尚巌は四ヵ月間も帰省しないままホームで生活させてもらえたのです。おかげで尚巌は変わらず落ち着いて生活することができました。

そのとき所長の松本さんから「石黒君の生活は大丈夫、守るから安心して治療に専念してください」という言葉をいただいたときは、何にも増して嬉しく、心強く、大きな力をもらいました。ホームがあったことで、尚巌だけではなく家族が救われたのでした。

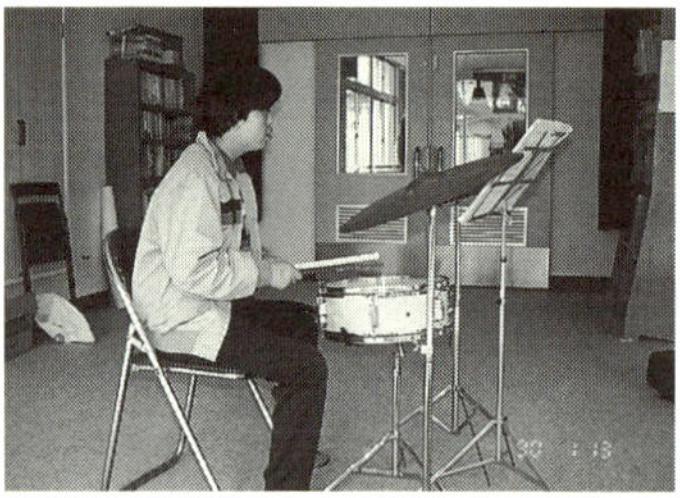

六章　病気の発症

病気の判明

太陽の家では、埼玉協同病院の協力で年に二度、仲間の健康診断を行なっています。

二〇〇七年夏の検診で、たまたま尚巌の肺に影があることがわかりました。もしかしたら、もう少し前からその影はあったのかもしれません。

尚巌は難聴・知恵遅れなので、レントゲン撮影のときの「息を吸って」「止めて」「はい、楽にして」という指示が伝わりにくく、息を止めていることができないのです。

私が付き添えたときには、レントゲン技師さんに尚巌の状況を伝えて、尚巌の呼吸のタイミングに合わせて撮れることもありました。そのようにしてきて、これまでわりと元気に過ごしていましたから、胸部のことは特別気にもとめていませんでした。その年は、たまたま検査がうまくいったのでしょうか、影がみつかったのです。

埼玉協同病院は太陽の家のすぐ近くにあり、尚巌はそこで再検査をすることになりました。まず、外来の診察を受けました。先生からは「おそらく肺の腫瘍です。詳しくは内視鏡の検査をしないとわからないので、入院をしてください」とのことでした。

肺の内視鏡の検査はとても苦しく、ふつうの人でもうまく検査が受けられないと聞きました。

「先生、この子には先生の指示が伝わりにくいですし、しゃべれないので、自分のことを伝えられないと思います。私も一緒に検査室に入れて欲しいのですが」とお願いし、検査室では、尚巌の耳元で先生の指示を伝え、「もう少しだよ、ガンバレ」と声をかけ続けていました。

モニターに肺の中が映し出されています。組織はうまく採取できませんでしたが、癌だということははっきりしました。

さらに大きな病院での検査を勧められ、迷うことなく、尚巌が小さい頃からなじんでいる帝京大学病院に決めました。ここでも入院が必要でしたが、病室の空きがなく、通院でできる検査をしながら、ベッドが空くのを待つことになりました。

相次ぐ家族の困難

二〇〇七年十二月、尚巌が帝京大学病院に通院し、入院のベッド待ちをしている暮れの押し迫った二十六日、夫が脳梗塞を発症し、救急車で緊急入院となりました。夫は二〇〇一年にも一度心筋梗塞で倒れていて、二度目の入院です。

実は、数年前からグループホームで生活をしていた義父が、そこで骨折をしてしまい、入退院を何度か繰り返していました。義母もまた家の中で転び、大腿骨を骨折し、退院はしたものの車椅子の生活となってしまったため、老人保健施設にお世話になることにしました。

夫は、両親の相次ぐ入退院とその後の施設の入所などの手配に奔走し、疲れが一気に出たのでしょう。脳梗塞を発症したのです。不幸中の幸いで命に別状はなく、ひどい後遺症もなく、状態が安定してきたので安心できました。

帝京大学病院に入院

二〇〇八年一月四日、夫の入院中に尚巌の帝京大学病院のベッドの確保ができ、父子が同時に入院という状況になりました。病院も川口と都内で離れており、病院のはしごをするという日々が続きました。

尚巌は病室のベッドの上で、太陽の家の職員が届けてくれた仲間とのアルバムをながめることと、テレビを見ることが生活のすべてになりました。

テレビは、難聴なので音を楽しむことは難しかったと思いますが、動きを楽しんで見ていました。好きな番組は、日曜日の朝放映される戦隊ヒーローものの番組でした。

一週間に一度の番組を、どれほど楽しみに待っていたでしょう。尚巌の頭の中には、番組表ができていたかのようでした。そして尚巌の周りにはいつも、大好きなフィギュアや写真が一緒でした。

テレビ用のカードは一日一枚を使いきってしまうくらいでしたから、私や娘が見舞いに行ったとき、おやつとしてジュース一本と、テレビカード一枚買うことが日課になりました。

夫は、それほど手がかかるわけではなかったので、気分のいいときには尚巌のようすを伝えたりする時間ができました。

尚巌のほうは、毎日アトピーや、足のゆがみの補装靴による水虫の皮膚のケアが必要でしたが、忙しい看護師さんにお願いするのは申しわけないので、皮膚のケアと洗濯をすませ、尚巌が寝るばかりの状態にして帰ってくる日々が続きました。

そのときは、都内で生活していた娘の全面的な協力で、なんとか乗り切ることができました。

心強い協力者

もうひとり、私が倒れることなく夫と尚巌の看病をすることができたのは、安田さんという心強い協力者がいたおかげでした。「遠くの親戚より近くの他人」を絵に描いたような存在で、日々の生活を支えてくれたのです。安田さんは母であり、姉であり、仲間であり、すべてをさらけだせる友です。

二ヵ所の病院を掛け持ちしていると、どうしても自分のことが後回しになってしまいます。とくに食事はどうしてもおろそかになりがちでした。「私にできることはこれしかないから」と、毎日の食事の心配をしてくれて、帰ってきたらすぐ食べられるようにお惣菜を届けてくれました。私の命をつないでくれたのです。

安田さんはこのとき、家族がつぎつぎと具合が悪くなり私が駆け回っている姿を見て、「神も仏もいないのかと思った」そうです。

家族の選択

尚巌は検査の結果、肺の腺癌と診断されました。しかし、転移はまだ見られない、大腸の入り口にただれが見えるけれど心配するほどのものではない、とのことでした。

ただ、尚巌の場合は、手術を考えるととてもリスクが高く、厳しい状況との話でした。それは、内視鏡を使い背中からピンポイントで切除する場合も、病巣が奥のほうの難しい場所にあるため、動いてしまうと難しい。また開胸手術の場合も、一方の肺の動きを停止して切除する方法で、危険性のほうが大きいとのことでした。

さっそく入院中の夫に報告しました。

私たちは、尚巌が五歳ぐらいまでしか生きられないと医師から告げられていました。同時に、五歳まで生きたら二十歳まで生きる可能性がある、とも言われていました。それを尚巌は三十五歳の今日まで生きてくれたことに感謝したいと思いました。

そのときに家族で話し合い確認したことは、現在まだ元気で日常生活を送れる状態にある。手術のリスクを負わせ、寝たきりになるようなことになるよりも、現在の状態を維持させ、川口太陽の家の仲間たちとの生活を楽しめるよう元の生活に戻そう、ということでした。

尚巌は、入院中も彼なりに我慢ができ、ひとりで淡々と生活をし、すべての検査（肺、胃、大腸の内視鏡、脳のＭＲＩ等）にも耐えてきました。しかし、小さい頃から何度かの入退院を経験してきたので、これ以上の入院生活は続けさせたくないとも思いました。

そこで退院後の生活は、彼の気持ちを大事にして、尚巌もいちばんに望んでいる太陽の家の仲間との生活に戻すことに決めました。そして、帝京大学病院では検査入院のみで一ヵ月ほどで退院し、月一回の通院で経過を見ていくことになりました。

尚巌が退院する前に父親の方が先に退院でき、都内でひとり暮らしをしていた娘も自宅に戻ってくれることになり、久しぶりに家族四人が顔を合わせることができたのでした。

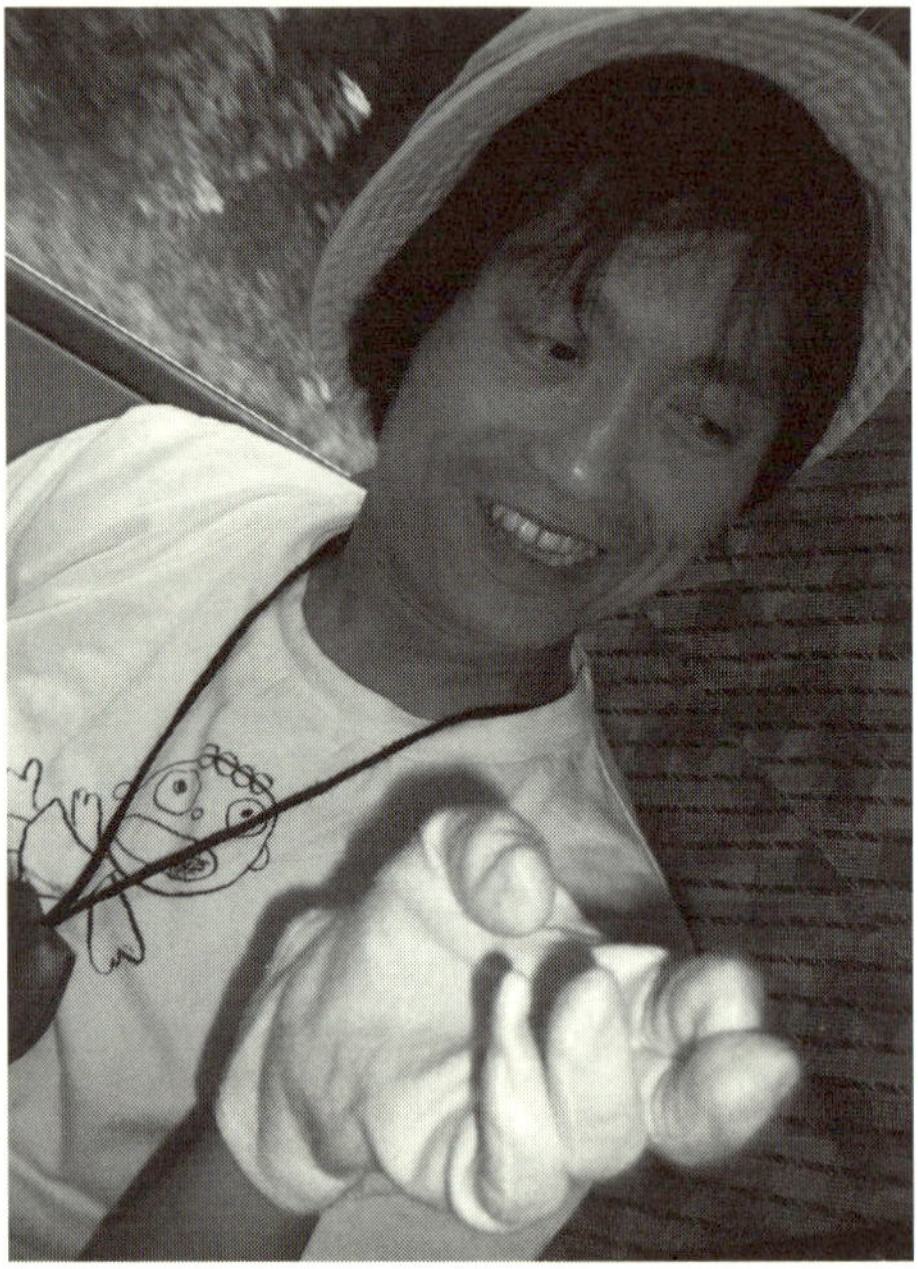

七章

太陽の家での受け入れと取り組み

「仲間のなかで生きる」ことの決断

肺の腺癌であることがわかり、それでも太陽の家で過ごさせたいと思った私たちは、今後の尚巌の生活について、太陽の家と話し合いをすることになりました。

二〇〇八年二月二十二日、所長さんはじめ、日中を過ごす施設の担当の職員、生活を支えてもらうオレンジホームの職員とスタッフの皆さんが一同に会してくれました。

そのなかで尚巌の病状を説明し、家族としては、寝たきりになるかもしれないリスクを負う手術の選択よりは、現在の状態を少しでも長く維持してあげたいこと、尚巌のホームでの生活が可能な限り、太陽の仲間との生活に戻してあげたいことなどをお伝えし、お願いをしました。夫は「どこで死ぬかではなく、仲間のなかで生きること。尚巌もそれをいちばん望んでいる」と。

私たちの話をじっと聞いていた所長さんが「皆さん、ご家族の願いについてどうですか」と問われると、職員の石田るり子さんが即座に「大丈夫ですよ！」と答えてくださったのです。

このような状態の尚巌を、病人としてではなく受け止めてもらえたことは、ふつうの生活がこれからも続けられる尚巌の幸せを感じ、親にとって何よりも嬉しく感謝の思いでした。

さらに、所長さんの「石黒君の今の病状を守ることが、仲間みんなを守ることになるんです」という言葉は深く心に残りました。私たち家族だけでなく、一緒に尚巌の病気を見守り、支えてくださる皆さんがいることに親は勇気づけられました。

そして太陽の家は、家族と本人の願いを快くまた真剣に受け止めて、尚巌の病状に合わせた対応をしてくださることになりました。尚巌のために必要な設備等の改善（トイレのウォシュレット設置）や、血圧、酸素の測定等をしていただくと共に、毎日細かいバイタルチェックや、民間療法の樹木茶を時間ごとに飲ませていただくことなど、病状に合わせた日々の対応を施設とホームでていねいにやっていただきました。

おかげで尚巌は、八月に肺炎で一時再入院したものの、八ヵ月もの間、仲間と一緒の生活を楽しむことができました。

私の入院

施設の皆さんの全面協力のもと、尚巌がホームでの生活に戻ったのを期に、私の腰のすべり症の手術をすることにしました。

尚巌はトイレと風呂の介助が必要でした。小学生くらいまではよかったのですが、いくら小柄とはいえ男の子です。四十キロ以上あるずっしりとした体を、ふらつかないようにしながら、排泄の後始末や入浴させる無理な姿勢を続けたため徐々に腰が変形してしまい、神経を圧迫していたのです。

腰からくる足のしびれと痛みもひどくなり、歩行が困難になってきていました。いちばん怖いと思ったのは、道路を横断しているときのことです。自分では、足を前に出そうとしているのですが、足は動いておらず、道路の真中で立ち往生してしまったのです。〝鉛のようだ〟という表現はこういうことなんだと、妙なところで納得してしまいました。

一年前から自覚症状がありましたが、尚巌のこと、夫のことなどがあり、延び延びになっていました。このまま時間だけが過ぎていくと、私は完全に歩けなくなり、尚巌の状態の変化に対応できなくなるという不安も募りました。

幸い尚巌の状態は落ち着いていて、肺の癌は大きくなっていないことがわかりました。今後の尚巌の病状を考えると、医師の勧めもあり、今がチャンスと思いきって手術に踏み切りました。なによりも、私にその決断ができたのは、太陽の家が日中の活動も、オレンヂホームでの生活も、尚巌の受け入れ態勢を十分に整えてくださっていたことでした。

私は、四週間の入院生活と自宅での静養、車の運転も禁止されていたので、仮に尚巌が帰ってきても、必要な世話ができない状況でした。

夫の入院

そんな折、夫が再び脳梗塞を起こし、入院する騒ぎがありました。ちょうど私は入院中、尚巌はホーム、娘は外出中で、夫だけが自宅にひとりでいたときのことです。

私の手術から二週間近くなり、そろそろ歩行ができるようになったある日、夫とお互いの状況を電話で話していましたが、いつものしゃべり方と違うのが気になりました。私はすぐ安田さんに電話をして、自宅に見に行ってもらうよう頼みました。安田さんは、ピンときたらしく万が一のことを考え、ご主人と駆けつけてくれました。やっぱり二度目の脳梗塞でした。安田さんが見た夫の顔は、発作のためにかなりゆがんでいたそうです。

私を見舞うつもりでいた娘に急ぎ連絡を取り、自宅に向かわせました。つぎに、夫の搬送先を私と同じ病院になるように医師にお願いし、病院から救急隊へ連絡をとっていただきました。実は夫のかかりつけの病院で、私も腰の手術を受けていたのです。

幸い、夫の命に別状はなく、病院の同じフロアに夫婦が入院しているという、病院内の笑いのネタになってしまいました。

そういうわけで当時の我が家は、腰を動かせない私と脳梗塞の後遺症のためリハビリ中の夫で、娘が家庭を支えている状態でしたので、尚巌の帰省は厳しい状況にありました。

しかし尚巌は自宅に帰ることなく、八月までの四ヵ月間を皆さんに支えられながら、ホームでの生活を普段と変わりなく続けることができました。病状も落ち着いていたので、私は安心して治療に専念することができたのです。

そのおかげで、八月に車の運転の許可も出て、四ヵ月ぶりに尚巌を我が家へ連れて帰ることができました。八月上旬に、こんどは尚巌が風邪から肺炎を併発し、三週間ほど入院してしまいましたが、運転ができるようになってからでしたので、私も病院に通うことができました。

職員集団に支えられて

手術を断念し、癌の進行を遅らせるために、民間療法に切り替えた私たち親は、天然の樹木茶を煮出してはホームに運びました。九十分煎じるのですが、この煎じる仕事は夫のリハビリにもなりました。尚巌が少しでも長い時間楽しく、思い出の多い生活が出来るようにと、自分ひとりのためだけにリハビリをするより、何倍も何倍も頑張って、夫も一生懸命でした。

一日一五〇〇ccを、日中は三時間おきに五回に分けて飲ませてもらうため、日中の分をペットボトル五本に小分けしてオレンヂホームへ届け、さらに朝ホームから太陽の家へ持たせてもらい、前日の空の容器を受け取るという具合です。煎じた液体は、濃いコーヒーのようでした。私にはとても濃すぎて飲めませんでしたが、尚巌は、毎日毎日嫌がらずに飲み続けてくれました。

併せて病院からの指示で、バイタルチェック（健康チェック・体温、血圧、脈拍、血中酸素濃度）も一日三回やり、病状の確認をしてもらいました。さらに、小さい頃から便秘気味でしたが、便通をよくするための下剤が出されたため、便の回数と樹木茶からくる頻尿のため、オムツの使用にもなりました。

とても手のかかる状態になりましたが、職員・スタッフの皆さんのていねいな対応で、家族とも連絡を密にしていただき、八ヵ月という長い期間が維持できたのだと思います。

仲間と東武動物公園へ

そのなかでも嬉しかったことは、太陽の家に復帰後、春に東武動物公園にみんなと一緒に出かけられたことです。

日常生活自体が大変な尚巌が、遠出をするのには手がかかることは目に見えているのに、班で行きたいところが決まると、いつも職員の皆さんは、なんとかして実現しようと方法を考えてくれるのです。そして、細やかな配慮のもとに、楽しそうに参加できたことで、尚巌のなかに思い出がまた一つ積まれていきました。

日中活動の木工の仕事も、久しぶりにみんなとできるようになり、張りきっていたようすも伺いました。

大好きだった戦隊ヒーローショー

尚巌が小さい頃、安田さんの長男、邦博ちゃんは戦隊物が大好きでした。おもちゃもいっぱい持っていて、邦博ちゃんちに遊びにいくといやでも目に入りましたが、当時の尚巌はそれほど興味を持ったようすもなかったので、あまり気にしていませんでした。

いつの頃からか、クリスマス近くになると、おもちゃ屋さんのチラシが目に付くようになり、尚巌は目ざとく見つけて、ねだるようになりました。

太陽の家では、働いた報酬が「給料日」にいただけます。そのわずかなお金を持って、おもちゃを買いに行くのを楽しみにしていました。尚巌なりの「こだわり」があって、気に入った物がないとさっさと店を出てしまいます。お気に入りの物は、肌身離さずどこに行くときも必ず持っていました。私が部屋を掃除していて、うっかり置き場所を間違えると、きちんと元通りに並べ直していました。テレビ番組も、戦隊物のヒーロー番組を観るのが楽しみでした。

川口市で催される「たたら祭り」では、毎年野外で繰り広げられる戦隊もののヒーローショーがありました。職員の皆さんと見るのを何よりの楽しみにしていましたが、この年は残念なことに、肺炎で入院したため見ることはできませんでした。三週間ほどですぐ退院できましたので、また今までの生活に戻り、みんなと楽しく過ごすことができました。

前年の秋、病気が判明したものの、尚巌は大好きな太陽の家とオレンヂホームで今までと同様に仲間との生活ができたことは、彼の宝物になりました。

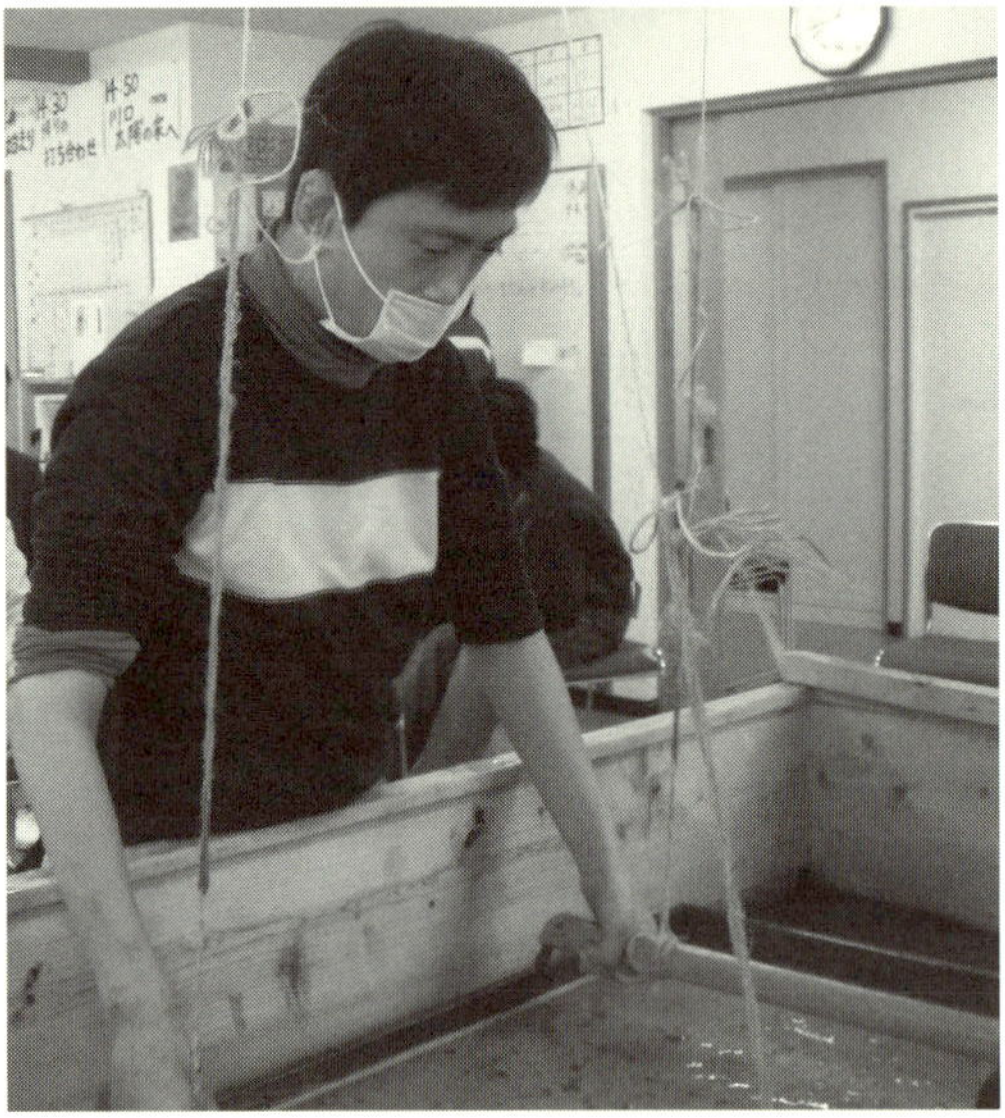

八章

家族の願いに寄り添ってくれた病院

腸への転移

夏は無事に乗り越えましたが、秋を迎えた十月六日、太陽の家から、尚巌《たかよし》が突然昼食時に吐いたとの連絡を受けました。これまでも何度となく具合が悪くなった状態を見てきましたが、尚巌は、徐々にではなく、突然「ぱたっ」と具合悪くなるのです。

尚巌が食べたものを吐くということは、今までほとんどありませんでしたので、この日はホームには帰らず自宅に戻し、協同病院の夜間の外来で診察を受けました。まったく想像もしていなかった腸閉塞が起きていたのです。そのまま緊急入院となりました。

いろいろな検査をし、腹水も溜まっていたため、お腹に針を射し水を抜くと、赤い腹水が出てきました。さらに鼻から管を胃まで入れ、胃の中の液を出すと共にお腹にも管を入れ、腸に溜まっている物も出すことになりました。この二本の管は、この日から九ヵ月間、命が尽きるまで入っていました。

そして十月六日の昼食を最後に、水分以外は口から入れることができなくなり、点滴で命をつないでいくことになりました。水分は、水とりんごジュースでした。りんごジュースは繊維の入っていないクリアなものだけしか飲ませられませんでした。

これまでも、卵だけは卵アレルギーのため本人も食べようとはしませんでしたが、そのほかは、好き嫌いはまったくなく、食欲のあった尚巌でした。テレビで食べ物や食事の画面を見ては、テレビのほうに手を差し出し、テレビからもらって食べる仕草をして食べた気分になり、自分であきらめていたようでした。九ヵ月もの長い間よく我慢できたと思います。親の私はとても真似できなかったでしょう。

ただ、一度だけ大騒ぎになったことがありました。

夜中に何かカサコソという音で目をさまし、ベッドに目をやると、尚巌がトマトジュースのペットボトルを「飲んだよ」というように私に差し出すではありませんか。

「何?」と受け取りましたが、瞬間ドキッとし、尚巌のお腹の中に少しでも入っていると大変と、とっさに胃の中に入っている管に注射器をつなぎ、飲んだトマトジュースを抜き出し、ナースコールをしました。二百五十cc近い量が出てきていたので、「出たね」「大丈夫だね」と看護師さんと顔を見合わせホッとしました。

日中付き添っていた娘が、トマトジュースを飲もうと買ってきたもので、一口、二口飲んだあと、途中で何かやることを思い出し、ペットボトルをその辺においたまま用事をすませ、すっかり忘れてしまったとのことでした。

寝ている尚巌の位置からは、かんたんに取れる場所ではなかったのですが、執念だったのですね。とうとう手に入れて、得意げに私に見せてくれたのでした。

ご来光

病院での尚厳の楽しみは、テレビでした。そればかりで過ごすのも忍びない気がし、院内を散歩することにしました。たまたま、同じみぬま福祉会の仲間が二人入院していました。違う病棟ということもあって、興味津々、院内散歩は尚厳のもうひとつの楽しみになっていきました。とくにN君は養護学校も一緒で同期に入所した友だちでもあり、会いに行き顔を見てくるのが大変嬉しそうで、必ず手をさわってくるのです。「頑張ろうな」とでも言っていたのでしょうか。N君とは途中から病室もお隣同士になりました。きっと心強かったことでしょう。

年末年始は、一時帰宅の患者さんも多くいましたので、お正月を病院で迎える患者さんのために、看護師さんから、「みんなで、ご来光を見ませんか」と声がかかりました。思ってもいなかったことです。尚厳は生まれたときから何回か入退院を繰り返しましたので、お正月を病院で迎えるのは三回目くらいになりますが、初めてのことでした。

看護師さんの呼びかけに、病院に残った患者さんが大部屋に集まりました。

やがて見沼用水の方角から、太陽がゆっくりと昇ってきました。お正月のご来光を集まったみんなで見ることができ、喜び合うことができました。

ふだんの病院とは違う静かな雰囲気のなかで、のんびりとゆるやかに時が流れていきました。

これが最後になるかもしれないという思いが家族にあり、尚巌の状況を最優先に考え、みんなで悔いのないよう、それぞれが頑張ろうという気持ちになっていました。

二〇〇八年四月に脳梗塞を再発した夫は、三ヵ月ほどで職場に復帰しましたが、その後も体調が思わしくなく、十二月いっぱいで辞める決断をしました。ひとり暮らしをしていた娘も自宅に戻ってきて一緒に生活していたこともあり、日中はリハビリを兼ねた家事をしながら、ひとりでなんとか過ごせる状態になっていました。

ちょうど入院中だった夫の両親も、春に特別養護老人ホームに入所でき、落ち着いてきたときでもありました。

尚巌の状況が一年前に起きていたら、私が尚巌に付き添うことはとても不可能なことだったと思います。ここ一、二年の間、いつも誰かしらが入院をしていたような時期でした。元気だったのは娘だけでした。いくら家族思いの娘でも、きっとひとりになったとき、誰かにやりきれない気持ちをぶつけたいこともあっただろうと想像します。

そんな娘の頑張りのおかげで、次つぎと起こったことも「一つひとつが運よくすり抜けていった」と娘が語るように、なんとか切り抜けられたと思っています。

落ち着いた家族

家族の願いに寄り添ってくれた病院

尚巌が緊急入院になったとき、肺の癌が腸のリンパに転移し、腸閉塞を起こすほど進行して手の施しようがないことがわかり、いよいよ覚悟するときがきてしまったことを実感しました。これから先は悔いのないようにできる限りのことをやろうと思いました。

――親の付き添いと泊まり込み

親が元気なうちに親からの自立を願い、尚巌はホームで十年間過ごしてきました。仲間やスタッフと、家庭では味わえない暮らしを楽しむことができ、生きる力をつけさせてもらいました。しかしこれからは、できるだけ家族も一緒に過ごしたいと思い、病室で付き添わせてもらうことと、泊まらせてもらうことをお願いしました。

このことは、言葉でコミュニケーションがとれず、自分の状態や要求を伝えられない尚巌のような障がいのある人を理解してもらうためにも、幸いしたように思います。

入院患者の場合、とくに人手が不足している状況のときには患者の願いがうまく届かず、気持ちの行き違いが生じる場合や、患者の不満が溜まっていく場面も見られ、代弁してくれる人がいればスムーズにいくのになあと感じる患者さんもいました。

あまり障がい者と接する機会のない看護師さんや医師に、親が代弁していくことで尚巖を知ってもらういい機会になりました。担当してくださった医師は、私と尚巖のやり取りを見て、理解が進むにつれ、尚巖への言葉かけが変化していくのがわかりました。

この経験から、患者本人が自分で意思伝達が難しいときには、代弁者がいるということが、お互いに理解し合える手段としても必要なことのように思いました。

また、二〇〇八年四月に私は腰の手術を受けていました。そのことを心配し、付き添い用の折りたたみ式簡易ベッドでは負担がかかるからと、患者用のベッドを提供してくれました。行き届いた細かい配慮に、腰の痛みもなく本当に助かりました。

個室を提供していただけたこと

協同病院の特徴は、差額ベッド料がないこともその一つであり、とても救われました。患者の病状に合わせて個室の利用が考えられているので、毎日のように患者さんの移動が見られます。尚巖の場合も、通算すると九ヵ月の入院生活のうち、七ヵ月くらいは個室で過ごすことができました。

尚巖はテレビが唯一の楽しみでもありました。痛みから気を紛らすためにも、夜中じゅうテレビがついている状況でもありましたので、他の患者さんへの迷惑も考えると大変助かりました。面会に来てくださる方も多く、施設の職員の皆さんは、ちょっとの空き時間を利用して顔を見せてくれていましたので、他の患者さんへの気遣いもなく入りやすかったのではないかと思います。また、劇場の皆さんが来てくださったときも、ゆっくりお話ができました。

そして家族がそろう週末には、病室で長時間一緒に過ごすことができ、尚巌との時間を共有できたことはとても幸せなことで、家族の大切な財産になりました。

――付き添い食事が受けられたこと

親の私が尚巌と病院で生活をするのには、私が健康でいることが第一でした。体調を保つためには食事の管理がとても影響すると思いました。バランスのとれた食事のために付き添い食の申し込みをし、カロリーの計算された患者用の食事を昼と夕食の二食をしっかりとれたことで、風邪もひかず、長丁場を乗り切るエネルギー源になりました。

また、私以外の方に付き添いを代わっていただいたときも、食事の心配をせずに尚巌をお願いできたことが、安心感にもつながりました。尚巌はこの間病院食を口にすることは一度もありませんでしたが……。

――三者で話し合いができたこと

尚巌の病状説明と治療方針についての話し合いに、家族と一緒に太陽の家の職員の方も参加させてもらい、三者で確認、共有をさせてもらうことができました。

私たち家族三人と施設側から所長をはじめ日中活動の担当職員二人、生活ホームの担当職員二人で患者側が八人にもなり、部屋も狭く感じられました。病院側は、初めはとまどいも見せていましたが、尚巌のことを一緒に考え、共有してくれる施設側の方針を理解していただき、二回目からは「施設側の日程はいかがですか」と調整してくれるようになりました。尚巌の病状を三者で共有できたことは、家族が孤独にならずにすんだだけではなく、安心感を得ることができ、家族にとっても大きな支えとなりました。

入院中いつも看護師さんが「どうしたら石黒君の願いをかなえてあげられるだろう、どんなことが願いですか」と聞いてくれました。私は初めこの言葉を聞いたときとまどいました。

今まで何度か入院したときでも、病院から患者に注文することはあっても、この協同病院のように「親ごさんの願いに寄り添います」という経験はあまりなかったからです。家族にとっても、尚巌にとっても宝物の経験になりました。

豊かな入院生活

――ディズニー・シーへの家族旅行の実現

尚巌が少しでも体力のあるうちに、家族みんなの思い出にしたいと、尚巌の好きなディズニーランドへ連れていきたいと思いました。室内から園内のショーを楽しめるディズニー・シーに隣接しているホテルの予約を取るため娘が日夜奮闘し、幸いなことに正月の四日に宿泊がやっと予約できました。

病院側に相談したところ、皆さんから「行ってらっしゃい」と快く言っていただき、旅行の実現のために治療も日程に併せていただきました。私も静脈の点滴バッグの取り換え方を練習し、ホテルでも点滴をやり続けました。

当日は、お天気も味方してくれ、とてもよい天候のもと、看護師さんや皆さんに見送られて病室を出ました。そして、小さいときからお世話になっている安田さんご夫妻にも思い出づくりに参加していただき、六人の旅行になりました。

ひさしぶりのドライブに目を輝かせて外の景色を楽しむ尚巌の姿がありました。ディズニーの建物を見つけると「オー」と声を出し喜びました。ニコニコ顔で車から降り、張り切っていました。

夕食はホテルの部屋に運んでもらい、みんなでご馳走をいただきましたが、尚巌は飲み物だけで我慢しました。夜は部屋の中から水上で繰り広げられるショーに目を大きくして見入っていました。

穏やかな夜が過ぎていきました。朝食はレストランに行き、本人は雰囲気だけ楽しみ、紅茶のみで終わりましたが、周囲のようすをよく見て楽しんでいるようでした。帰る間際まで繰り広げられるショーをバルコニーに出て見ることができ、ミッキーや動物たちの踊りに見入りました。

安定した状態で病院に戻ることができ、みんなに「おかえりー」と出迎えられ、本人はとても満足気でした。

施設の作品展への外出

年に数回開かれる、施設の工房『集《しゅう》』を会場にした仲間みんなの作品展に、一月と三月の二回、病院から車椅子を押して点滴をぶら下げて出かけました。寒かったのですが、お天気がよく外出が可能となりました。

尚巌の行く時間に合わせて仲間も『集』に合流し、会場で班の仲間のみんなに会えて嬉しそうに見えました。みんなと写真にもおさまり楽しい時間を過ごしました。みんなと会うことで、また元気をもらいました。

尚巌は買い買いマン

本人のいちばんのこだわりと楽しみは、戦隊もののテレビ番組です。週一回の放映を長年楽しみにしてきました。そして、そのヒーローのキャラクター人形を手に入れることが何よりのこだわりで、手に入るまで追い求めます。

太陽の家に入所してからは、給料日近くになると本人の気持ちが悶々とし始めるのがよくわかりました。太陽の家では、一人ひとりに合った仕事があり、その労働の対価としてわずかではありますがお給料をいただけるのです。いつの頃からか、自宅のカレンダーには、尚巌の給料日に印が付けられるようになっていました。

広告のチラシを見ては切り抜いたり、買い買い虫が騒ぎ出し、何かに取りつかれたような目つきになって、気に入ったものが出ている広告を指で「これこれ」と何度も指さして見せにきました。

今回も入院中に今までの番組が終了し、新しいヒーロー番組の予告が始まったとたん、新しいキャラクターが欲しくなり、買い買い虫が騒ぎ出し、ベッドの上で悶々とこだわり始めました。

そんな尚巌の状況を思いやり、看護師さんはじめ、施設の職員の皆さんも尚巌の願いをかなえようと動いてくださったのです。しかし番組が始まる前に人形の発売はなく、手に入れることは不可能とわかりました。オモチャの会社に直接手紙を出してみたらどうだろう、とのアドバイスをもらい、親バカぶりを発揮し、社長さん宛に手紙を出しました。

その結果、思いがけず、オモチャの会社よりヒーロー人形が尚巌宛に届いたのです。出演者のサイン入りポスターなどと一緒に、社長さんからの手紙が添えられ、五体の人形がプレゼントされました。会社の計らいにみんながびっくりし、病室が大にぎわいを見せ、喜び合った時間でした。

その日から尚巌の表情はとても穏やかになり、幸せそのものの顔になりました。手に入った喜びに笑顔があふれました。

その後も病院では、ヒーローを呼んであげたいと映画会社と交渉をしてくださったり、あちこちのお店やオモチャ会社にかけあってくださったり。実現はしなかったものの、できる限りのことをしたいという私の願いに応えようと動いてくださった病院の皆さんのお気持ちに感謝しました。

たかはしべんさんのミニコンサートが実現

日に日に病状が悪くなり、痛みも増してきて、表情も苦しそうになってきたため、なんとか楽しさを味わわせたいと思いました。

長年、シンガーソングライター「たかはしべん」さんのコンサートを楽しんできた尚巌に、べんさんのことが大好きな太陽の仲間と一緒に楽しむことができたら、どんなにいいだろうと思いました。でも忙しいべんさんのこと、来てくれるだろうかとも考えましたが、尚巌の状態を見ると早く実現させてやりたいとの思いが強くなり、べんさんの事務所に相談しました。

べんさんは、「ぜひやりましょう」と快く引き受けてくださり、すぐに事務所の方と一緒に尚巌に会いに来てくださいました。病室で一緒に写真を撮り、CDをいただき、コンサートの約束もしてくださいました。『ハエをのみこんだおばあさん』を何度も聞き、〝おばあさん〟のところになると、とても得意な表情になっていました。

病院側でも、小児科病棟の子どもたちと太陽の家の仲間たちと一緒に、病院内でコンサートが実現できるようにと、会場を探してくれました。ちょうど工事中のため、使える部屋がなく、太陽の家で、しかも太陽の家主催でやることになりました。病院外でのコンサートになったため、小児科の子どもたちが参加できなかったことは残念でした。

二〇〇九年二月十六日、べんさんの歌手生活三〇周年の番組（「おはよう日本」で放映）づくりのために、NHKの取材も入ったコンサートになりました。

病院側の協力で看護師さんが付き添い、万が一のときのため酸素ボンベを持ち込んでの配慮のなかで、尚巌は仲間の皆さんとまた会え、太陽の家の仲間も久しぶりにべんさんにお会いし、一緒に楽しむことができて大喜びで、乗りに乗って大変盛り上がりました。

このとき私は、「歌の力」のすごさに圧倒されていました。年を越してから、みるみる衰弱していった尚巌のようすに、家族は覚悟を決め、葬儀の話まで出るようなときでもありました。そんな状態の尚巌が、今まで病室では見たことのない表情で、手拍子もして楽しんでいるではありませんか。付き添ってくれた看護師さんたちもびっくりしたそうです。

看護師さんたちはまた、障がい者との接点があまりないため、仲間たちが心から楽しんでいるようすにもっと驚き、障がい者への認識をあらたにしたと、後日伺いました。

当日はあいにくの雨のため、夫は体調が悪く参加できずに、後日放映されたテレビでようすを知ることになりました。また、テレビを見た友人から連絡をいただき、病室まで会いに来てくださるという思いがけない再会もありました。

その後、尚巌は、べんさんの歌をCDで聞いたり、放映された番組のDVDを繰り返し見て楽しみを増やし、痛みを紛らしているようでした。

ヒーロー番組の撮影見学

戦隊物のテレビ番組が始まってからは、毎週の放映を楽しみにし、ビデオに録画をしては毎日何回も何回も見ていました。また、入浴のたびに鼻の管をおさえるためのほっぺのテープに、看護師さんがキャラクターの絵を書いてくださるアイディアで、病院内の散歩のときはほっぺの絵が尚巌の特徴になり本人も得意顔で、周囲の人気者となりました。

その大好きな番組の撮影を川口のグリーンセンターでやる、という情報を看護師さんが手に入れ、「石黒君行きましょう！」と、皆さんが見学許可など忙しいなかをいろいろな形で動いてくださり、見学できることになりました。

三月十七日、まだ寒い時期でしたが、梅も咲き、穏やかな日に外出できました。大事をとって酸素ボンベを持ち、看護師さん二人の付き添いと、オレンヂホームの職員と私たち親子の五人で、休園日の静かなグリーンセンターに行き、ゆっくり見学ができました。

面白いことに尚巌は役者の動きよりも、大道具、小道具のほうに興味津津で、ひとりのスタントマンが着替えては違うキャラクターになって出演していく舞台裏のようすに目が釘づけになっていました。思いがけず、番組が作られる裏側を見せてもらう機会にもなり、後日の放映を親子で見ては、そのときの事が思い出され親近感を感じました。

看護師さんたちは尚巌の命がそう長くないことを承知していて、口のきけない尚巌とその親に「願いはなんですか、遠慮しなくていいのですよ。できることはなんでも一緒にかなえましょう」というメッセージをいつもいつもいただいていたように思います。尚巌の願いをかなえてあげたいという看護師さんたちの奮闘で実現できた一つです。

この頃には、尚巌のヒーロー好きは有名になっていました。その後も「後楽園に知り合いがいるので、聞いてみましょうね」と、後楽園でのヒーローショーにも行けないかと看護師さんが奔走してくださいましたが、残念なことに時期が早く、病院にいるときは実現できませんでした。

家族でお花見の実現

尚巌の症状が日に日に厳しくなり、家族も覚悟をしながらも周囲の皆さんの配慮で一つひとつ尚巌の願いを実現し、豊かな体験ができたことで冬をなんとか乗り切りましたので、つぎは「花見をしよう」が合い言葉になりました。

病院の周りも桜がきれいに咲き始め、お天気の良い日は車いすで花見の散歩ができました。病院の隣りにある川口太陽の家に行き、仲間のみんなに会ったり、近くにある生活ホームまで出かけることもできました。ホームでは今まで生活をしていた自分の部屋を見て、主人が帰るのを待っていてくれるベッドや、自分の物をじっとながめては安心したようすでした。

そこであらためて、みぬま福祉会の「誰をも切り捨てない」理念を見た思いがしました。

一般的には、入所者が入院したとき、それも恐らく健康になって戻ってくることは考えられない病気の場合、すぐさま部屋は片付けられ、別の人が使っていても不思議ではないと思いますが、ここには、尚蔵の部屋がありました。待っていてくれたのです。

そして、入院していても、ちょっと外出していて帰ってきたかのように、「オー、石黒君が来た！」と仲間やスタッフの方に迎えられ、「早く戻ってきてね」と励まされ、花見ができた喜びを親子で味わいました。

娘の誕生日が近かったのでお祝いをしようと、お天気の良い日曜日に外出の許可を得て、家族で近くの大崎公園に車で行き、レッサーパンダや鳥などの小動物を見たり、満開の桜や花を見て歩き、心地良い時間を過ごすことができました。昼食にレストランに入り、本人は紅茶のみで雰囲気だけを味わっていました。

帰りに自宅まで足を伸ばし、久しぶりに我が家のようすを見ました。娘におんぶされて、自分の部屋のある二階に上がりましたが、胸が圧迫され気分が悪くなり、すぐに病院に戻りました。その後五月に一時退院したときにも二階には上がれず、二度と自分の部屋を見ることはありませんでした。

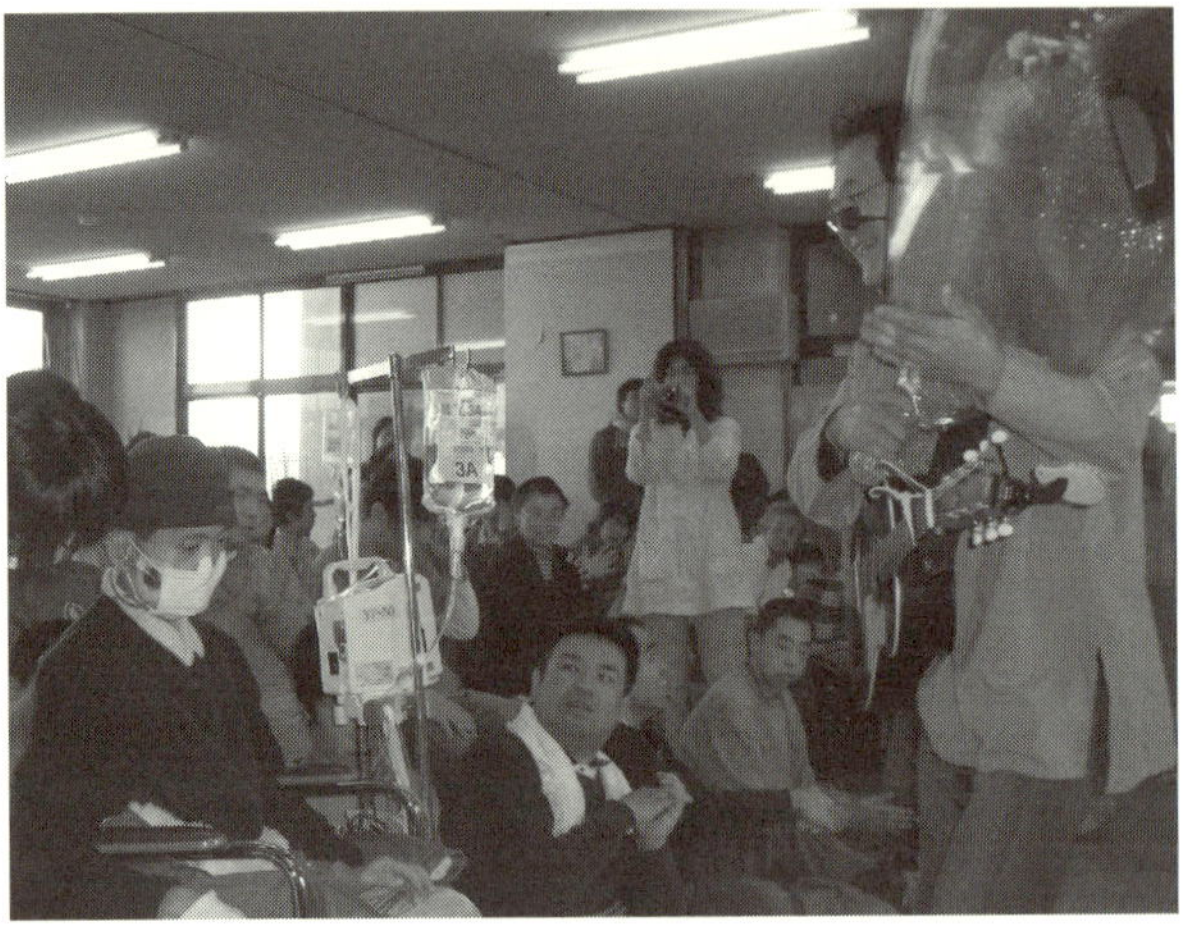
3A

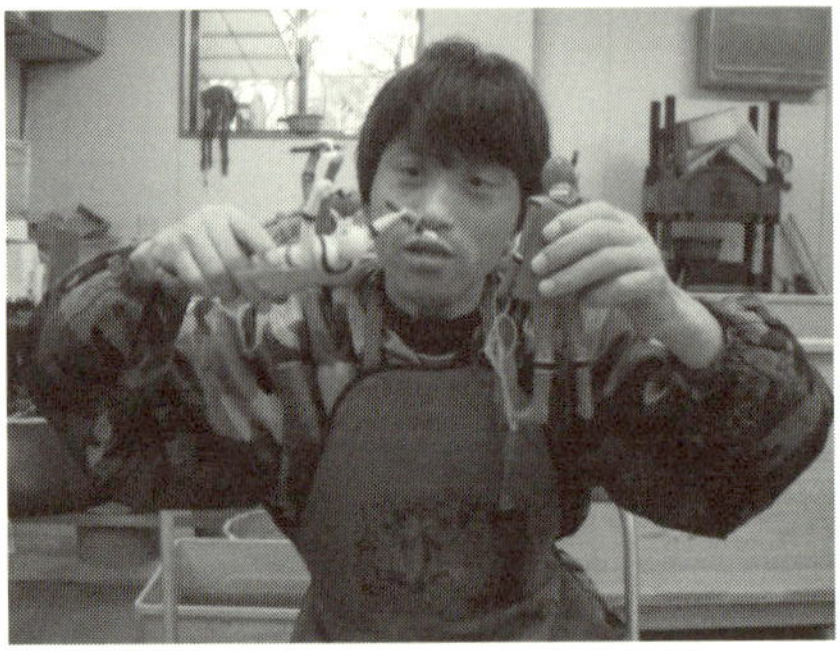

九章　貫かれた信念

障害者自立支援法のもとで

病気の発症から一年半、特に入院生活の八ヵ月という長い間、みぬま福祉会には本当に支えていただきました。「誰をも切り捨てない」という理念が貫かれ、最後まで尚厳の居場所を守り続け、待ち続けてくれました。

今、障がい者の施設は、三年前に障害者自立支援法が導入されてからは福祉をサービスとみなす応益負担制度に変わりました。施設報酬が日割り計算になり、利用した日数分のみ支払われる報酬となり、施設運営に大きな影響をもたらし、各施設で財政的に大変厳しい状況が生じています。

さらに、障がい者自身も施設利用において、利用料の一割の自己負担を一律に課せられています。障がいのある人は、仕事をするために施設を利用した日数分の負担を、障がい者年金の中から支払っている状態です。障がい者は障がい者年金のみの収入ですから、年金だけでは不足してしまう状況が生じ、親の負担が大きくなるのです。

そんな厳しい状況のなか、尚厳の場合は八ヵ月もの長い間の入院で、施設は尚厳の分が無報酬の状態になり、施設の負担を大きくさせてきたにもかかわらず、仲間の一員として迎えていただき、みぬま福祉会のなかで守られてきました。

親としても、我が子の居場所を保障していただけたことは大変心強く、安心して治療に専念できたことを何よりも幸せに思います。

生きる意欲をもらった太陽の家の仲間・職員

緊急入院だったので、小さい頃からずっとお世話になっていた帝京大学病院ではなく、尚巌の通所していた川口太陽の家の隣りにある、埼玉協同病院に入院しました。外には出られませんでしたが、広い院内を散歩すると、デイルームから太陽の家が見えました。送迎の車の出入りのようすや仲間が動いているのも見えましたので、尚巌は手を振ったりしながら呼びかけるしぐさをしていました。歩くのがつらくなり、車椅子になってからも、見えると立ち上がって手を振ろうとしていました。

そして、一緒に作業した仲間の皆さんが数人ずつ交替で会いにきてくれました。病状が厳しくなってからは週に二、三回グループに分かれて来てくださり、尚巌を元気づけてくれました。尚巌は顔を見て握手をするのが嬉しかったようです。尚巌と仲間たちが言葉ではないコミュニケーションを取るようすを見ることができました。

尚巌の恋

いちばん驚いたのは、尚巌の恋を知ることができたことです。

ある日のこと、職員がかわいい女性の仲間を連れてきてくれました。

すると尚巌は、今まで見たことがないほどぐっと身体を起こし、思い切り手を伸ばして「待っていたよ」「よく来てくれたねぇ」という表情をして、両手でしっかり彼女の手を握り、しばらく離さなかったのです。

私はそれを見たとき、ふだんあまり感情を表に出さない尚巌の大胆な行動にびっくりし、「尚巌も男だったー」「恋をする年齢になったんだなー」と、成長した尚巌を発見する機会になりました。

連れてきてくれた職員も驚いていました。

尚巌は、太陽の家で木工の仕事をする班でした。十九人で構成されたその班は、木工と手すき和紙の作業を受け持っていて、うち女性が二人で、そのうちのひとりとのこと。

「そういえば、石黒さんはヒーロー人形をとても大事にしていますよね。たまに仲間が黙って持っていこうとするとすごく怒るんですよ。だけど、彼女なら人形をどんなに触ろうと、持っていこうと、怒らなかった。むしろ、どうぞという感じでした」と。

職員もなんとなく気づいていたようでした。

「ああ、こういう感じの女性が好みだったんだ」

初めて、尚巌の好きなタイプの女性もわかりました。そして、人を愛しく思う感情が育っていたことに胸が熱くなりました。

私は、尚巌の片思いではないかと思っていました。

職員は「そんなことはないですよ。彼女も石黒さんのことを好ましく思っていました。石黒さんが近くにいると、彼女も機嫌がよかったですから……」

それを聞いた安田さんが一言、「よかったね、たかちゃんの片思いじゃなくて」と。

尚巌の持ち物の中に、キティちゃんがプリントされたかわいいエプロンがありました。後に彼女に差し上げたところ、喜んで使ってくださっているとのことでした。その後も自宅の仏壇の尚巌に会いに来てくれて、私たち夫婦も嬉しく思いました。

そして今、彼女は太陽の家にあるパネルになった尚巌をじっと見ていることがあるそうです。

命をつないだみんなの励まし

それから尚巌の病状に合わせて、作品展や、たかはしべんさんのコンサートのときなど、みんなで会える機会を用意していただき、一緒に楽しむ時間をつくってくださった職員の皆さん。仲間の皆さんとの時間を絶えず持てたことが尚厳の生きる力になり、日一日と命をつないでいくことができました。

さらに職員の皆さんも所長さんはじめ、たくさんの方が忙しい勤務時間の合間を縫っては顔を見せてくださり、尚厳に声をかけて、手を握って励ましてくださいました。

尚厳は毎日のように仲間や職員の皆さんに会うことができ、力をもらいました。体は骨と皮だけのやせ細った状態になっていましたが、気力だけで生きられたのは、本当に病院と太陽の家が近くだったおかげと実感しました。

また、尚厳の病状の説明も職員の皆さんが家族と一緒に聞いてくださり、どんな場面でも共有していただけたことで、家族が孤独にならず、どんなに助けられたかわかりません。私たち家族も力をもらいました。

閉ざされた世界から救われた親

母親の私も尚厳に付き添わせてもらい、病室で共に生活をさせてもらうことにしましたが、病室から洗濯室や売店に行くぐらいしかできず、ほとんど病室で過ごすことになり、入浴ができないのがいちばん困りました。

こんな私の状況を救ってくれたのが、太陽の家の職員や生活ホームのスタッフの皆さんでした。

週に二日程、日中の付き添いを交替してもらえたお陰で、自宅へ戻り、家事や入浴もでき、脳梗塞のリハビリ中の夫のようすも見て病院に戻ることができました。

また、夜間は障害者の居宅介護事業（ヘルパー制度）を利用し、職員の方にヘルパーとして協力していただけたので、私自身が今まで関わってきた事への必要な場に参加でき、大きな穴をあけることなく役割を担うことができました。

入院中の長い間、職員、スタッフの皆さんに私が支えられて、社会と接点が持てたことで気持ちの切り替えができ、新たな気持ちで尚巌と向き合うことができました。尚巌の介護だけに明け暮れ、親子だけの閉ざされた世界に追い詰められていく危険から救われ、ストレスをためることなく乗り切ることができたのも、職員、スタッフの皆さんのお陰で、私自身も力をもらうことができました。

また、尚巌にとっても、慣れ親しんでいる人たちによって介護されていることは、親以外の人との関わりも持て、病院ではありましたが、とても豊かに暮らせたように思います。

劇場の仲間にもらった楽しむ力

劇場のなかで子ども時代をたくさんの人と関わり合いながら、たくさんのことを体験し、育ち合うことができたことは、尚巌の強さにもなっているのを感じました。いろいろな場面に遭遇しても、あまりパニックになることもなく、彼なりに対応できたのは、体験の積み上げがあったからだと思います。

そして何よりも、みんなと一緒に楽しむ力が育てられました。子ども時代に劇場のなかで培われたものが、川口太陽の家に入所し、仲間や職員の皆さんのていねいな関わりのなかで社会性が育てられ、尚巌の持ち味が全開したのだと思います。

一緒に子ども時代を過ごした劇場の仲間の皆さんが、入院中も病室を訪ねてくださり、久しぶりに懐かしいたくさんの人に会う機会になりました。尚巌は、たくさんの人と関わり育ててもらったことをあらためて実感しました。私にとっても久しぶりにお会いし、おしゃべりをして、気持ちをリフレッシュできる時間となりました。

家族に残した尚巌の足跡

尚巌の病状もかなり厳しくなり、体も痩せ細ってしまいましたが、モルヒネがうまく作用し、痛みはとれていたようです。症状的にも痰《たん》がからむ程度で落ち着いてきたので、一度自宅に戻り、家族で過ごしてみては、とのアドバイスがありました。

自宅で私が処置できるように、痰の吸引方法と点滴の交換の指導を受け、練習しました。親の不安が少しでも軽くなるように、「明日戻ってきてもいいからね」「ちょっとでもいいから家族でいい時間を」と言ってくれました。

この一言で、私はほっとして帰宅できました。

「もしかして、このまま逝ってしまったらどうしよう……」という不安があったのです。

四月二十四日に尚巌は退院しました。

そして再び病院に戻るまで、二十日もの長い期間を、それぞれが自分のできることをやり、尚巌を真ん中にして一日一日を大切に家族で過ごし、幸せな時間が流れていきました。

父親孝行

自宅に戻っての二十日間は、尚巌の父親孝行の日となりました。

夫は脳梗塞の後遺症で手足のしびれと寒さのため、冬の間は外出もままならず、一週間に一度しか尚巌に会いに来ることができませんでした。

この二十日間は毎日尚巌と一緒にいることができ、尚巌の世話ができたのです。

「オレがやる。オレがやる」と積極的に世話をしてくれました。

朝、昼、晩の検温とトイレの介助。歩けなくなって、ポータブルトイレを使うときの介助のしかたが荒っぽかったときなど、尚巌は父親の体をたたき、自分の気持ちを伝えていました。すると父親が「ごめん、ごめん」とあやまっている場面をよく見かけました。

夫の、しびれからくる体のさばきの悪さで、尚巌を介助するときの力の加減が今ひとつつかめず、つい力が入ってしまい、痛がったり、怒るときもありました。

夫はこんな尚巌の怒る場面を含め、尚巌と関わることができるのが嬉しく、尚巌との距離が近く感じられたようで、幸せな時間が持てたようです。

劇場仲間の増田さんが、手作りのチーズケーキを持って見舞ってくれたとき、

「尚巌の世話をするのが、楽しくて、楽しくてしかたがない。やっと、父親になれたような気がします」と語ったそうです。

「今のこの気持ちを誰かに伝えたかったのでしょうね。私がその言葉を聞くことができて、本当によかった」とそのときのようすを伝えてくれました。

尚巌の夢の実現

「おかあさん、お兄《にい》のやりたいことってなんだろうね」

「後楽園のヒーローショーを見ることじゃないかな。まだ実現していないね」

自宅に戻り、体力の少しでもあるうちに尚巌の夢を実現させようと思いました。

ちょうど連休に向けて、リニューアルした後楽園のヒーローショーが開演中でした。

娘が後楽園のホームページのヒーローショーの画像をパソコンで見せて、尚巌に「行きたい？」

と聞くと、「ウン」と大きくうなずきました。さっそく座席を予約し、連休の初日の四月二十九日に観にいくことにしました。当日までの数日間は、カレンダーとヒーローの本とフィギュアを寝てもさめても肌身離さず、待ち望んでいる尚巌の姿がありました。

驚いたことに、当日太陽の家の職員がリフト車で迎えに来てくれたのです。どういうわけかこの話が太陽の家の職員の耳に入っていたのです。安田さんでした。

そのため車椅子のまま会場にスムーズに行くことができ、尚巌は車の中からずっと大きな目で外の景色をながめていました。少し早めに着いたのでカフェでお茶をし、尚巌は紅茶を飲みました。そして会場に痰の吸引器を持ち込み、点滴をしたままの状態で入りました。

会場の入り口に主役のヒーローが子どもたちを出迎えていましたが、尚巌に気がつくと、車椅子のほうに近づいてきてくれました。夫が「病気で病院から楽しみにして来た」旨を伝えると、快く写真におさまってくれ、とっておきの宝物の写真ができました。

これまでの外でのショーとは違い、新しくできたホールでの公演は舞台にいろいろな仕掛けがされ、とても迫力がありました。尚巌はギラギラするほどのすごい集中力で、目を見張ってまばたきもせず観ており、圧倒されるほどでした。終了後は、おみやげコーナーへ行き、今観たヒーローの人形を手にすることができました。

自宅を出発してから自宅へ戻るまでの約三時間くらいを、後楽園ホテルのロビーで痰の吸引を一回しただけで、症状も落ち着いたまま楽しく過ごせたのは幸いでした。

職員の方の送迎の協力でスムーズに行って帰ることができ、尚巌が待ち望んだ夢が実現できた記念すべき日になりました。

私は今でも、日曜の朝ヒーローの番組が始まる時間になると、ついチャンネルを合わせてしまいます。

病院に支えられた在宅看護

自宅へ戻り、二十日間もの長い間家族で過ごすことができたのは、病院が手厚い態勢をとって支えてくれたお陰でした。

鼻からは、胃の内容物を出すための一メートル以上の管が直接入っていて、お腹にも管をつけ、鎖骨のところからは点滴が入っていました。

週二回の訪問看護で、入浴や、入浴後の傷の処置、点滴部分の処置などをやってもらいました。体も動けなくなり、立つこともできなくなった状態でも、ひとりで家庭用の風呂で入浴させてくれるプロの方のすごさは、見るたびに感動しました。とても家族だけではできなかったでしょう。

また急に変化があったときも電話で相談し、症状によっては駆けつけてくれましたので、どんなに心強かったかわかりません。さらに週一回の往診の態勢がとられ、病状のチェックもでき、安心して過ごすことができました。私たち家族にとって貴重な時間を過ごせた宝物になりました。

五月十五日、体温が三十三度と低体温になり、救急車で再入院となりました。

妹との絆

妹との関係は、親子との関係とはまったく違って、兄妹の絆というものを感じることができました。

「お兄、私のお友だちだよ」

娘が初めてパートナーを連れて病室に入ってきたときは、パートナーが外国人ということもあり、驚いたようすでじっと彼を見つめていました。その後、何度会いに来ても、彼を見る目が私にはやきもちとしかとれないような目つきに見えたのです。

クリスマスに、彼が犬のぬいぐるみをプレゼントしてくれたことがきっかけで、尚巌の表情も変化してきました。そのぬいぐるみは、彼が手触りのいいものをと一生懸命探してくれたもので、その後尚巌はいつも一緒に寝て、楽しいときは頭に乗せたり抱いたり、痛みの激しさに耐えるときは握り締めて、犬が苦楽を共にしてくれました。またパートナーは私たち家族のために住まいを近くに越してきて、食事を作ってくれるなど支えてくれました。

亡くなる前日の、彼に対しての尚巌の目つきや表情が、これまでと違っているのが周囲の目にもはっきりとわかるほどでした。その表情は「妹を頼む」とでも言っているかのようでした。彼も尚巌から何かを訴えられたのを感じ、私たち家族を守っていこうと思ったとのことで、私は尚巌が妹の結婚を後押ししてくれたように感じました。

娘はその後、九月九日の兄の誕生日に結婚しました。

パートナーは車のナンバーも９９に変えたとのことです。

また、亡くなる一週間ぐらい前から、娘が面会後に「お兄またくるね、バイバイね」というと、頭を左右に振り「嫌だ」というしぐさをするようになり、「帰るな」という表情になりました。父親にはそのしぐさは無かったのを見ると、親とは違う兄妹の絆を感じました。

それが一週間ぐらい続いたのは、今思うと自分の最期が近づいているのを感じていたのかもしれません。

十章 仲間葬で送られた尚厳

奇跡の三時間

六月に入ってから尚巌の病状もすすみ、痰《たん》のからみもひどく、血糖値も下がってきて、意識がなくなることがたびたび見られるようになってきました。さらに痛みも増し、モルヒネだけでは治まらなくなり、痛み止めを使うようになっていました。

血糖値が低くなると目が白目だけになり、意識がなくなり、「尚巌！」と呼んでも反応がありません。血糖値を測定しても測定不能で、ブドウ糖を注射すると、しばらくして意識が戻ってきましたが、戻りもだんだん時間がかかるようになってきました。この頃からむくみも強くなり、手足のあちこちに水がたまり始め、体がいよいよ動かせなくなり、おむつを換えるのも大変になってきました。体力的にも限界にきているのがわかりました。

ドクターから、いよいよ秒読み段階に入ってきたのかもしれない、ということを告げられ、家族もいよいよ最後の段階にきたことを覚悟しました。

所長はじめ、職員、仲間の皆さんが毎日交替で会いに来てくれました。とくに、尚巌の好きなSさんを毎日連れて来てくださり、励ましてくれました。

日増しに意識がはっきりしている時間のほうが少なくなってきていました。

ところが、亡くなる前日に、奇跡としか思えないことが起きました。三時間もの長い間、意識が鮮明で、たくさんの人に会うことができたのです。今考えれば、尚巌がみんなに別れのあいさつをしたのだと思えるのですが、見事な三時間でした。

六月七日の日曜日、前の晩から意識が戻らず、尿も異常に多く、衰弱も見られるようになったため、家族も朝から病室に集まり容態を見守りました。

十二時頃から意識が戻り、家族の顔を一人ひとり見つめていました。そのなかに娘のパートナーもいましたが、彼を見つめる目が今までとまったく違っていました。まなざしが優しくなり、「妹をよろしく」といった表情に思えるほど、じっと見ていました。私たち親は、彼に娘を託していったように感じ取れました。

その日はちょうど、みぬま福祉会の後援会の総会の日で障害者交流センターに職員、家族、仲間の皆さんが一同に会していました。尚巌の状態を伝えると、交替でかけつけてくれました。尚巌は一人ひとりの顔をじっとみつめ、口でぶつぶつ何かつぶやくように声を出しています。私たちには一人ひとりに別れの挨拶をしている光景に見えました。尚巌の目力のすごさを見せられた感じがしました。

所長の到着が最後になるので「松本さんが来るまで待ってるんだよ」と先に来ていた人たちに励まされて、本当に松本さんが来てくれるまで待つことができました。毎日のように顔を見せて励ましてくれた松本さんに、お礼のあいさつをするまで頑張ったのでしょう。私は間に合ってくれて本当によかったと思いました。松本さんに会ったのが最後で、その後、午後三時過ぎから意識が無くなり、翌日亡くなるまで戻ることはありませんでした。

見事な旅立ち

会いたい人には会って別れのあいさつをした尚巌の見事さに、家族はあっぱれとしかいいようがありませんでした。

翌日八日は朝から家族が集まり見守りましたが、意識は戻らずドクターの回診で「心臓がだいぶ弱ってきています。呼吸も弱くなっているため、秒読み段階に入ってきたようです」といわれました。まもなく父親と妹に手をとられながら、二人とも気づかないほど静かに呼吸が止まり、尚巌は旅立ちました。九時五十七分呼吸停止、目を閉じる力もなく目は大きくあいたままでした。

この日も朝早くから、所長はじめ職員の方がようすを見に来てくれていました。亡くなったことを知らせる間もなく、いつものように尚巌に会いにきてくれた仲間のグループは、亡くなった後の処置が終わるまで廊下で待つことになりました。病室の廊下は、車椅子の仲間も含め二十人ほどでいっぱいになりました。

その間、仲間の皆さんはひとりとしてパニックになることもなく、尚巌に会えるまで静かに整然と並んで待っていてくれる姿がありました。私はあらためて仲間の皆さんの姿に感動しました。こんなにもみんなに受け入れてもらえる尚巌は本当に幸せであり、仲間と生ききったことを感じさせてもらいました。

尚巌は九ヵ月の間、痛みと本当によく闘ってきました。苦しさと痛さに歯をくいしばって我慢したため、歯の噛み合わせも逆になり、受け口に変形してしまいました。暴れ回ることもなく、体をくねらせて耐えている姿を思い出しては、痛みを取ってあげられなかった尚巌への申しわけなさと感謝の気持ちで胸がいっぱいになりました。

そして尚巌は、五月十五日の再入院から二十五日ぶりに我が家に戻ってきました。苦しみと痛みから解放され、安らぎを得た姿でした。

家族で「お疲れ様、よく頑張ったね。もういいよ」「ゆっくりお休みね」と言葉をかけました。痩せ細った体は小さく、とても軽くなり、尚巌の生きるための壮絶な闘いを物語っていました。我が家に戻った尚巌は、たった二日間だけしか留まることなく、また長い旅立ちをしていきました。

尚巌の送り出しについては、二月頃、症状が厳しい状態になったときに、尚巌らしい送り出しについて家族で話し合いをしていました。

尚巌がいちばん喜ぶのは、太陽の家の仲間の皆さんに歌で送ってもらうことではないだろうか、という確認をしました。所長さんに相談すると、「仲間葬にしましょう」と提案してくださり、葬儀社、お寺の住職さんの同意を得て、家族の願いに添って準備がされていきました。

旅立つ前のお別れ

そんなあわただしくお通夜・告別式の打ち合わせなどが運んでいくなかで、思いがけず葬儀社の方から「お通夜で自宅を出棺し式場へ向かう途中、どこか通っていきたい所、寄っていきたい所はありませんか」と尋ねられたのです。私たち家族はびっくりし、「テレビの報道ではよく見ることはありますが本当にそんなことできるのですか?」と聞き返しました。

すると担当の方が、「今ここへ来るとき、太陽の家の前を通ってきました、式場へ向かうとき通って行きましょう」と言ってくださったのです。驚きましたが、私たち家族はとてもありがたく嬉しく、所長さんにすぐ相談しました。所長さんは「今、ちょうど仲間の青年隊(自治会)の話し合いがもたれているので、仲間に相談してみます」とのことでした。折り返し所長さんから電話をいただき、「仲間みんなで石黒君が来るのを待っているそうです」とのお返事でした。

しかし、通夜の開始時間に合わせて自宅を出ると、太陽の家を通るのがちょうど仲間の帰りの送迎車が出る時間と重なってしまいます。すると仲間の皆さんが「石黒君ひとりではかわいそうだ」「送迎を遅らせればいい」ということになったそうです。急遽、各家庭に明日の送迎時間の変更が知らされました。

葬儀社の担当の方から、入院でお世話になった埼玉協同病院、川口太陽の家、生活を共にしていたオレンヂホーム、そして最後に尚巌の祖父母の住んでいた家の前を通って式場へ向かうというコースが提案されました。

通夜の日、尚巌を乗せた車の列が自宅を後にしました。病院の前を通り過ぎ、先導していた私の車が角を左折したとたん、太陽の家の前に、なんと仲間と職員、保護者の皆さん百名ぐらいの方が道路に並んで待っていてくださったのです。その光景が目に飛び込んできて、私は鳥肌が立つほど感動しました。「石黒く〜ん」とみんなの呼びかけの声が響き、二台の車はその前で止まり、降りて、尚巌も挨拶をし、別れを惜しみました。

さらに太陽の家から二百メートルぐらい行くと、彼が生活していたホームのスタッフの方々が道路で待っていてくださり、ここでも尚巌はお別れをすることができました。

そして式場へ向かう道の途中には夫の実家があります。祖父母とも高齢で車椅子生活になり特別老人養護施設に入所したため空き家になっていましたけれど……。

そのとき感じたのです。尚巌がこの道を通ってみんなにお礼を言いたかったのではないか、葬儀社の担当者に発信したのではないか、としか受け取れないようなことが、その後の変化となって生じてきたのです。

式の打ち合わせをしていくなかで葬儀社の担当者の方に尚巌のことや好きだったヒーローのテレビ番組の話をしていくにつれ、「私もテレビを見てみました」と言われたり、尚巌や太陽の家への関心を持ってくださったようで、事務的な対応ではなくなっていき、いろいろ心配りをしてくださるようになっていきました。

　式場のメモリアルコーナーが事前にしつらえてあり、そのディスプレイのアイディアも家族の思いを汲んだもので、その雰囲気は家族のイメージにピッタリでした。大好きなヒーローの人形、ヒーローのポスター、私の妹夫婦が毎日願いを込めて折ってくれたたくさんの千羽鶴、パソコンを使った写真のスライドショーなどが、尚厳を迎えてくれました。

　そのなかにミッキーマウスのぬいぐるみがありました。入院中、劇場の青年が白い生地でできたぬいぐるみを持ってきてくれたのです。尚厳が早く元気になることを願ってメッセージが書けるようになっています。家族は、見舞いにいらしてくださった方に、メッセージをお願いし、白かったミッキーマウスが、真っ黒になりました。

　このミッキーマウスと、妹のパートナーがプレゼントしてくれた犬のぬいぐるみ、それにヒーローのフィギュア五体が尚厳の旅立ちのお供をすることになりました。

　それは、尚厳と関わってくださった方たちとの生きた証でした。

　お通夜には、劇場の皆さんが大勢参列してくださり、一緒に育ち合った青年の皆さんも入れ替わり立ち代り、夜遅くまで駆けつけてくださいました。キャンプや活動のときの思い出を語りながら、劇場で尚厳が過ごした日々が懐かしく思い出されました。

告別式は仲間葬で

翌日の告別式は、二部形式にしました。一部は通常の仏式でやり、二部は家族の願いで仲間葬の形をとらせてもらいました。

太陽の家からも、百名近い皆さんが式に参列してくれました。

太陽の家の通常のスケジュールではちょうど昼食の時間です。仲間百名ともなると、食事に時間はたっぷり必要で、それを式の時間に合わせてすませるということは大変なことです。

後日、所長さんから「式に間に合わせるために、厨房の職員の皆さんが朝早くから昼食作りをしてくれました」と聞きました。頭が下がり、深く感動しました。

十六年過ごした太陽の家の仲間や職員の皆さんからお別れの言葉をいただきました。親の知らなかった尚巌の一面を知ることができ、豊かな人間関係が育まれていたことに涙しました。

さらに、小さい頃から一緒に育った安田家の長男邦博ちゃんに、尚巌との思い出を語ってもらい、呼びかけてもらいました。そして尚巌が苦しかったときにミニコンサートで生きる力をもらった、たかはしべんさんも地方公演の間をぬって沖縄から駆けつけてくださいました。べんさんと太陽の家の皆さんでうたった『たんぽぽ』の歌が会場いっぱいに響きわたり、会場が一つになり、これまで頑張った尚巌へのエールとして届けられました。きっと一緒に手拍子を打っていたことでしょう。

出棺までの時間も七十名ほどの仲間の皆さんが整然と待っていてくださり、あちこちから湧き上がる「石黒く〜ん」「お疲れさま〜」という仲間の声に送られて式場を後にしたときは、感無量でした。

尚巌は劇場でたくさんのいい仲間と育ち合い助けてもらいました。さらに、いい施設と出会い、いい仲間集団と生活を共にし、いい職員集団に支えられて生きた三十六年間は財産であり、こんなに大勢の皆さんに見送られて旅立つ尚巌は本当に幸せだと思いました。

そして焼かれた尚巌の骨を拾ったとき、係の方から「九十歳ぐらいの骨ですね」と言われたことで、家族は尚巌の死を納得しました。体はボロボロで気力だけでここまで生き抜いたことを。

葬儀終了後、葬儀社の担当の方が「こんな告別式は十九年やってきたなかで初めての体験です。心に残りました。自分にとっても貴重な体験でした」と話されたのを聞いたときに、いろいろな方々にお骨折りいただいて家族の願いを叶えさせてもらいましたが、尚巌らしいお別れができてよかったなあと感じ、皆さんにあらためて深く感謝する思いでした。

たかよしへ

この場では、あえていつものように、いつもの言葉で、たかよしに
伝えたいと思います。
たかよしと俺たち兄弟は、いったいいつから一緒だったんだろう……って、
ずっと考えてた。
でも、いつからかわからなかった。気がついたときには、一緒にいたんだよね。

たかよしと志乃と俺と純で、いっぱいいっぱい遊んだんだよね。
プロレスごっこ、ザリガニ釣り、ゴンの散歩……

そのときから、俺たちには障がいがあるとかないとか、言葉があるとかないとか……
そんなことは一切関係なかった、俺たちは「心と心」でつながっていたんだよね。

それは、いまも変わっていない。
これからは、たかよしは天国、俺たちはこっちの世界ってだけの話……。

いつの日か……ずっと先かも知れないけど、俺たちがこっちの世界で寿命を
迎えたとき、たかよしのいる天国に行けるように、こっちの世界で一生懸命頑張るよ。
これから先、もし俺たちが悩み苦しんで、もがいているときや、
道をあやまりそうになってるときは、天国から声かけてよ……
たかよしだったら、それぐらいのこと、簡単にできるんだろう、簡単に……

たかよし、いつか……、天国で逢おうね……逢えるさ、必ず！

「今まで俺たちに『たかよし』って存在をいっぱい、ありがとう！
出会えて本当に良かったよ！
俺たちはこれからも、ず〜っと兄弟だよ！」

安田邦博
純一

お兄《にい》へ

～たくさんの愛をありがとう～

石黒志乃

私が兄、尚巌《たかよし》の妹であったこと、それは、どこの家庭でも変わらないふたり兄妹の関係だったと思います。喧嘩もたくさんしたし、一緒に遊んだり、笑ったり、家族でご飯を食べたり、旅行に行ったり。そんな、ごくありふれた兄妹関係でした。

ただ兄はしゃべることができなく、耳が聞こえにくく、体が弱く、知的障がいがあっただけです。でも、しゃべることができなくても、マイペースな頑固者で、達成するまでねばる、楽しいと笑う、怒ると手を出すなどの感情表現で、コミュニケーションには十分だったたし、言葉の掛け合いはなくとも、お互いの存在を肯定する、静かで穏やかな空間がいつも私たちを包んでいました。それでも私が小さい頃は、兄の存在を受け入れることが困難な時期もありました。

私が小学校低学年のときの話です。下校の道のりで、自分よりずっと前に下校しているはずの兄を商店街のペットショップ屋さんでよく見かけました。地べたに座り込んで、鳥や、ザリガニ、昆虫などを楽しそうに観察するのが彼の下校ルートなのです。私は地べたに座り込んでいる（時には興奮して叫んでいたりする）兄を恥ずかしく思った年齢でもあったため、他人の振りをしたいながらも、心のどこかで兄を連れて帰らねばという思いもあり、通り過ぎながら無言で兄の肩をたたきました。

兄がびっくりして振り返ります。私は兄に無言で、劇場の事務所の方向を指さし、その場を通り過ぎました。兄が私の後を追って歩き出すのを期待して。しかし、十メートルくらいして振り返ると、兄は何事もなかったかのように、まだ地べたに座り動物に夢中になっている姿を目撃することになるのです。

「はぁ……」とため息をついて、その場に戻り、無言で兄を強制的に立たせ、腕ずくで一緒に帰ろうとしました。でも、兄にとっては大変ありがた迷惑な話で、自分の楽しい時間を、しかも暴力的に奪われ、怒り爆発のようすでした。きっと、きちんと言葉で説明すればわかったのでしょうが、当時の私に、そんな考えは及びませんでした。私の頭や背中にグーパンチが強烈にヒット。そうなると、私のイライラはマックスになり、怒りながら、こちらも兄の頭にグーパンチ返し。しまいには、泣いている兄を置き去りに（時には攻撃してくる兄をかわしながら）、そのまま先にひとりで事務所へ帰り、母に怒りながら愚痴って、最終的には母が兄を迎えにいったこともよくありました。

しかし、私が中学生になり、兄のことを恥ずかしいと思いつつも、小学生のときのように、一緒にいる時間も減ったからか、私が部活や勉強に忙しくなったからか、反抗期を迎えたからか（すべてだと思うが）、兄のことより、ほかに気になることが出始め、兄の障がいのことはだんだんと気にならなくなっていきました。

また母が、兄の養護学校の運動会に私を連れていってくれたことがあります。そのとき私は、まったく異なった運動会を目の当たりにしました。私が知っている運動会は、全員一緒のスタートラインに並び、ゴール地点も一緒。同じルールの下で競技が行なわれていましたが、彼らの運動会は、体の状況に合わせたゴール設定をしていました。

車椅子のまま走る人は五十メートル、体の不自由な人でも歩ける人は二十メートル、這ってゴールに向かう人は二メートル、ごろごろと転がってゴールする人は一メートルというように。

思春期の私には、衝撃的な異なる価値観との出会いでした。

「私の兄は障がい者」という事実は変わらない。それならば受け入れるしかないのでは？　と少しずつですが、気持ちにも変化が出てきました。

おそらく、母や父の兄を隠さずに堂々としていた姿を見て、私も兄のことを自然と周りに伝えていくことができたのだと思います。もし、母や父の姿が私にそのように映らなければ、私の兄にたいする気持ちは変わっていたかもしれません。

私や世間に正直な姿を貫いてくれた両親の姿を私は尊敬しています。

私はずっと、家族の背中を見て、甘えながら育ってきました。社会人になってからようやく、兄や両親にたいして、私が将来この家族を支えなくては！　と思い始めたのは、父が二度の脳梗塞を起こしたときです。一家の大黒柱もいつまでも元気ではない、と突きつけられた思いでした。

母も腰の手術を同じ頃に行ない、両親もいつまでも元気ではない、最後は私が兄の面倒を見なきゃ！　と、ようやく自覚が芽生え始めた矢先に、兄の癌の病気も進行していきました。

それまでは、兄が癌と聞いてショックだったけれど、わりと元気そうな姿だったので、実は気のせいなのではないか、そのうち治ってしまうのではないか、と〝死〟にたいして私は実感がもてず、正直半信半疑でした。兄が入院してからの病院の先生の話にも、まぁ治らなくともまだまだ死にはしないと、心のどこかで期待していたのです。

でも物を食べられなくなった兄の姿、どんどん痩せていく兄の姿、お腹の手術をした術後のぐたっとした兄の姿を見たとき、死というものが、一気にとても身近な存在に変わっていきました。今まで幸いにも、身内に不幸がなかった私には、死という存在が遠かったため、よりによっていちばん身近な人から死という存在を知ることになるとは本当に想定外だったのです。

死という存在を感じ始めてから、生という存在をよりいっそう強く感じることにもなっていきました。自分が生きていることはけっして当たり前ではないこと、社会を知ったつもりで自分ひとりで生きていけると本気で思っていたときもありましたが、いちばん大事なことは、自分には何か役割があり、生かされている存在、愛する人のため社会で精一杯生きるということでした。

兄の命が燃え尽きたとき、自分が後悔しないよう、今の私にできることを考えました。家族の誰もが、兄のために自分に何ができるだろうかということを考えたとき、本当に家族が一つになって、それぞれの役割をまっとうしようという姿勢が出てきました。

それぞれに自分を犠牲にする部分が出てきますが、自分が何かを守りたいと思う気持ちが強いときは、人は強くなれるということを、私は家族から教えてもらった気がします。

母は兄の代弁者、だから兄のそばについていて欲しい。自分が後悔しないためには、兄がやりたいことを全部かなえられる環境をつくってあげたいと思いました。そうなると、母を兄のそばに安心してついていられるような環境をできるだけつくるようにしよう。私は、それ以外のことは母の負担にならぬよう、なんでもやろうと決めました。それが自分のやりたいことでした。

週末は病院への付き添いの交代、平日は仕事が終わりしだい、買い物をして帰宅。時間が早いときは病院に顔を出したり、万が一のために自宅待機。父のようすを見て、家事をやりました。父は当時、自分も介護が必要な状態でしたが、兄のため今までやったことのない家事も率先してやっていました。しかし、精一杯本人が頑張っても、鍵の閉め忘れ、洗濯物の干し忘れや、取り込み忘れ、火の元の消し忘れなどがあるため、誰かほかに確認する人が家にいなくてはいけない環境でした。

正直何度も投げ出したいと思うときもありましたが、家族以外にも、みぬま福祉会の方、安田家、周りの友人が、石黒家を支え続けてくれました。本当に多くの方に支えられてきました。そして、私のことをとても大事に思ってくれる人に私はその頃出会いました。今でもその出会いは、神様からのプレゼントだと思っています。

彼は自分も忙しいなか、私をそばでずっと励まし支えてくれました。私の気持ちを聞いてなぐさせてくれたり、時間が限られたなか気分転換も必要だと、いろいろな場所に連れていってくれたり。週末会えなくとも、電話で私はもちろん、私の家族のことを気遣ってくれたり。当時彼は品川に住んでいましたが、私の状況を考え、私が住んでいる川口に引っ越してきてくれました。その後も頻繁に兄のお見舞いや、病院にいる私たち家族のために料理を作ってきてくれたりしました。彼は外国人で日本に家族がいないぶん、私の家族を自分の家族と同じように大事にしたいと思ってくれたようです。

兄が亡くなる前、彼は兄から自分に私や家族のことを託されたと感じたようで、この家族を守る！　と決意してくれたようです。

兄の葬式で、予定外でしたが、彼を親戚に紹介し祝福されたとき、私は兄からのプレゼントだと思いました。皆がそれぞれに後悔しないよう、できることをやり遂げた思いからか、その場は悲愴感ではなく、自然に死というものを受け入れ、新しい出会いを歓迎する雰囲気を感じ、とても温かい気持ちになりました。

短期間の間に目まぐるしく自分の環境が変わり始め、とまどいもしましたが、兄の死を受け入れ、その後、その彼と一緒に生きていこうと決意し結婚しました。そして、私たちにもう一つ神様（兄かも）からプレゼントをいただきました。それは、兄が亡くなって間もなく、兄を亡くした隙間を埋めるかのように、私たちに新しい命が授かったのです。

まさに私は今、死と生を体で感じられる貴重な体験をしています。

兄が同じ世界にいないのは、とても寂しいですし、今でも兄を思って涙することはよくあります。でも生と死というものは、こうしてこの世界でずっと存在していくのだろうと感じています。お腹の中で命の息吹を日々感じます。どういう子が生まれてくるか、不安に思うこともありますが、空を見上げると、兄を傍に感じられ安心することもあります。

兄は最後まで私の兄で、妹の私を思ってくれていたのだなと感じます。

そのことを感じたときから、私のなかで、兄の存在はさらに大きい存在になりました。

そう、これからもずっと……。

お兄《にい》
お兄の生き方を私に見せてくれて本当にありがとう
お兄の優しさ、強さ、責任感
家族、友だち、仲間への思いやり
お兄の生き方を最後まで貫く強さ
お兄はいつまでも私の兄で、これからもとても大きな存在だよ
たくさんの愛をありがとう
大好きだよ

妹より

おひさまの歌

たかはしべん作詞

ねーおひさま　顔をみせてよ
泣いたりしないから　約束するから
ねーおひさま　辛いことあるけど
みんながいるから　生きていける
あなたが大好き　あなたが大好き
おひさま大好き

ねーおひさま　笑顔みせてよ
いじわるしないから　約束するから
ねーおひさま　力をください
みんなが一人で　歩けるように
あなたが大好き　あなたが大好き
おひさま大好き

ねーおひさま　顔をみせてよ
怒ったりしないから　約束するから
ねーおひさま　見ていてください
みんなが元気に　暮らせるように
あなたが大好き　あなたが大好き
おひさま大好き
（繰り返し）

「おひさまのうた」は、太陽の家の仲間達との出会いを歌いました。

ひとりひとりの顔を思い浮かべて詩を書きました。

「明るい歌なのに、泣けてくるんです」

そんな感想をもらっています。


「障がいを持った仲間には、文化が大切なのです」

福祉の仕事に関わる方から言われたことがあります。

太陽の家では、25年前の無認可のときから開所まで、
何度か歌わせてもらいましたが、その後8年ほど、交流がありませんでした。

たかよし君が「川口太陽の家」に入所したのは16年前ですね。

「太陽の家には、べんさんの大ファンがいるんですよ。会いたがっていますよ」

川口おやこ劇場を通じて知り合った石黒和枝さんが教えて下さいました。

この時、ぼくと「川口太陽の家」の交流が再開したのです。

以来、太陽の家の仲間達のコンサート、三宅島噴火災害支援コンサート、
三世代交流コンサート、そして、みぬま福祉会20周年記念コンサートなどなど、
たくさんの舞台を創りました。

たかよし君とは、いつも挨拶をかわすくらいでした。

彼はヒーローのフィギュアを、うれしそうな顔をして、見せてくれるのです。

くりっとした、心の中まで見通すような目でした。

「せかいじゅうの海が」を歌う時は、前に出てきて、一緒に手話をしてくれました。

「はえをのみこんだおばあさん」の歌が好きで、楽しそうに聴いていました。

ぼくのコンサートが大好きだったそうです。

昨年、容態の悪くなった彼に
「もう一度太陽の仲間達と一緒に、ぼくの歌を聴かせてあげたい！」

 お母さんの願いで、2月に「川口太陽の家」でのミニコンサートが実現しました。

NHKの取材もありました。

ぼくの30周年の記念コンサートの一つでした。

彼は、大好きな太陽の家での仲間達とのコンサートに、
より大きな目を輝かせていました。
ぼくが彼から花束をもらった後で、彼はカメラに向かってピースサインをしました。
テレビでも放送されましたね。

六月、彼の告別式で、ぼくの「はえをのみこんだおばあさん」の歌が流れました。
ひっくり返るほど驚きました。（志乃さんの考えだったそうです）
歌詞が「きっと死んじゃうよ、このおばあさん」なのです。
でも、大好きだった歌でおくってあげるのです。
「いいなぁ」
ぼくは心の中で、彼にピースサインをしました。

「石黒君、お疲れさま！」

同じ障がいを持った仲間が、大きな声で亡き彼に言葉をかけていました。


「人生で最大の喜びは、ともに生きる、人生の友を得ることです」

誰かが言っていました。

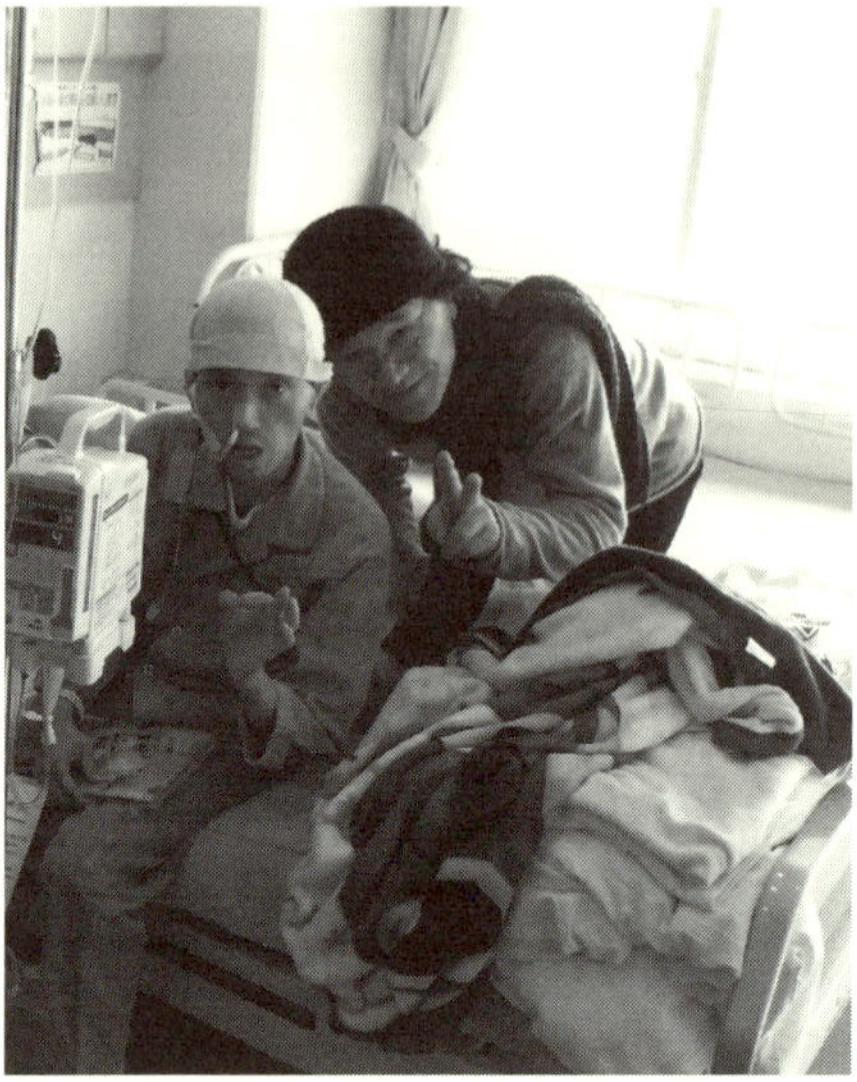

この世界では話すことができなく、聴くことも容易ではなかった、たかよし君。
今、向こうの世界で、すごくおしゃべりで、走り回っている姿を想像しています。

石黒さんご家族がいなかったら、太陽の家との再会はなかったかもしれません。
「おひさまのうた」「前を向いて歩こう」などの歌も生まれませんでした。
ひとりの人生が、たくさんの人生を創るのです。
そのことに感動します。
ありがとう！

たかはしべん

十一章

障がい者への理解を広げる交流の場づくり

『こらんしょ』『ふらっと』を通し、人と人との紡ぎ合いを

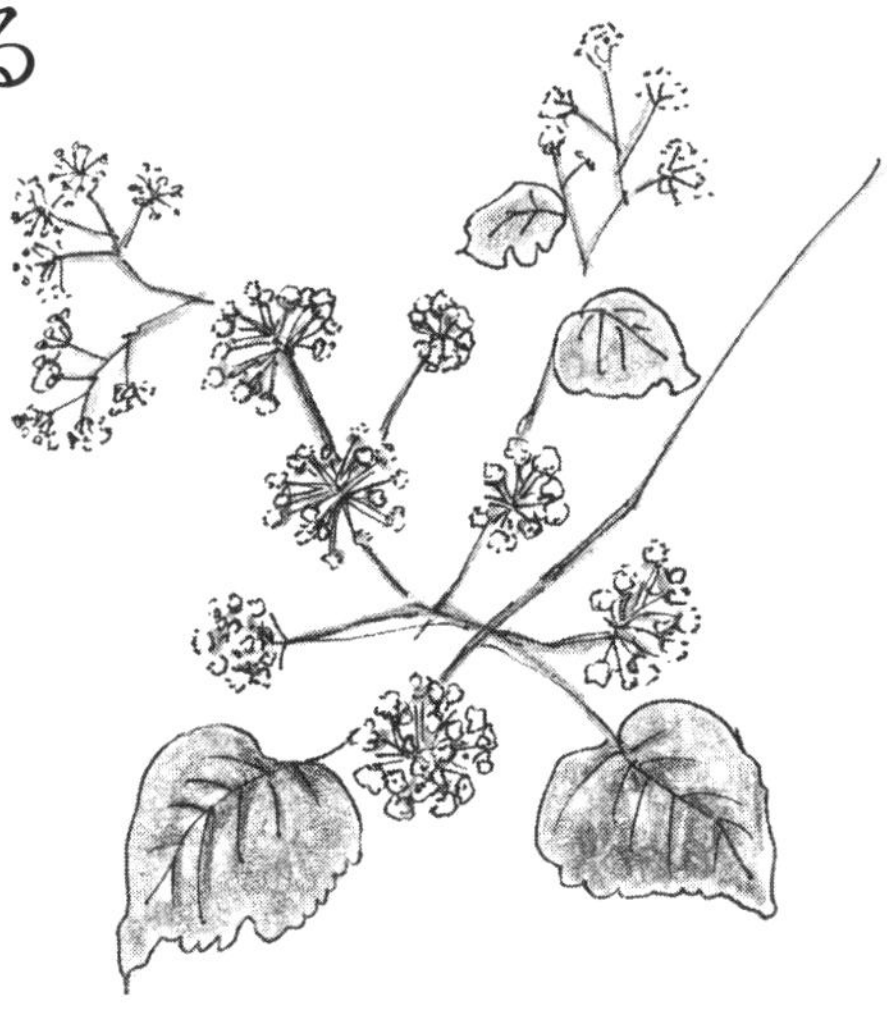

川口市初の常設店『こらんしょ』の立ち上げ

私は、尚巌が養護学校を卒業して川口太陽の家に通所するようになり、仲間たちの作っている作品に興味をもちました。織り物、絵画、ステンドグラスなど、独創的な作品にもかかわらず棚に積まれたままで、人目に触れる機会もあまりなかったのです。

眠っているのはもったいないなと思い、織り物のマフラーやベスト、帽子などの製品を預かり、劇場など人が集う場に出かけて行くときはいつも持ち運び、見てもらうようにしました。すると仲間たちの素敵な作品に関心を示し、買ってくれる人も多かったので、二年ぐらい続けました。

ちょうどその頃、長い間県内の劇場で運営を担ってきた同年代の人たちと、だんだん自分たちの将来の展望を話し合う機会が増え、つぎのステップとしてお店を運営したいという夢が語られていきました。そのときに、障がい者の作品を置く常設店を考えたらどうだろう、という発案があり、話しがまとまりつつありました。

タイミングよく、川口市の広報誌で、市営の賃貸住宅付店舗の募集が西川口地域にあることがわかりました。さっそく申し込みをしたところ、審査に合格し、トントン拍子で話は具体化していきました。

自分たちが描いていた夢が意外にも早く実現することとなり、劇場の発足のときと同じように、みんなの勢いで三ヵ月後には店をオープンする運びとなりました。

埼玉県内の川口、蕨、浦和、久喜、新座の劇場で運営委員長や事務局長を経験した九人のメンバーが出資し合って運営することとなり、店の運営方針（目的）は、「障がい者の作品の展示・販売を通し、障がい者への理解を広げ、人と人との交差点となるよう、地域で共に生きる場づくりを目指す」としました。

店の名前は『珈琲焙煎豆屋&夢ひろば〝こらんしょ〟』と付けました。それは安田さんの出身地、福島県会津地方の方言で「いらっしゃいませ」という意味で、彼女の言葉の響きがやさしく、心地良かったのです。

一九九八年二月十四日、雪の舞い散る寒い日のオープニングパーティでは、福島出身のシンガーソングライターの山本さとしさんの作詞作曲による『こらんしょへようこそ』の歌も披露され、そのようすは新聞紙上でも取り上げられました。

店を運営していくためには、作品の展示・販売だけでは難しいので、コーヒー豆の専門店として豆の焙煎・販売をしていくことになり、その方法も学びに行きました。

焙煎すると膨らんで同じように見える豆も、生の豆は色も形もそれぞれ顔があり違うということをそのとき初めて知りました。手動での豆の焙煎は難しく、成功するまでは何度も失敗しながら挑戦しました。

それでも手動の焙煎は、豆の種類、季節、挽き手によって味が違うおもしろさがあります。オリジナル『こらんしょブレンド』はこうして三種類の豆を配合し、飲みやすい女性向きのブレンドに仕上がりました。そのほか二十三種類の豆を取り扱っています。お客様に注文をいただいてから焙煎し、煎りたての香りを楽しんでもらっています。

また、劇場で出会った文化団体や、障がい者の施設関係などのイベントに声をかけていただいたところには、遠方でも可能な限り施設の作品を運んで紹介し、コーヒーの出張販売もしました。

展示販売する障がい者の作品は川口市内の施設をはじめ、市外、県外どこの施設からでも受け入れてきました。作品を通して彼らの生きている姿を知ってもらいたいと思ったからです。

川口市内で初の常設店としてスタートしてから十二年、行政の方にも応援をいただき、地域で大勢の方に支えられながら現在まで運営してくることができました。

コーヒー豆と夢を買って…

「こらんしょ」スタッフ。中央が小宮さん

市内の施設で働く障害者の作品などを販売している川口市のユニークなコーヒー豆店「こらんしょ」が好評だ。オープンから3カ月がたったが、順調な豆の売り上げとともに、障害者の作品も予想以上の売れ行き。店長の小宮富美子さん(50)は「思わぬ品不足状態」と顔をほころばせている。

「こらんしょ」は東北地方の方言で「いらっしゃいませ」の意味。作業所で働く障害者の息子を持つ石黒和枝さん(50)ら、主婦仲間9人が「障害者が作るすてきな作品を、たくさんの人に知ってもらえる場所を」と2月に開店した。コーヒー豆の売り上げで、障害者の作品を置いた店を支えるスタイルは、久喜市の知人の店から学んだ。

川口の主婦らが開店 障害者の作品を展示、販売

店内には、市内の施設「太陽の家」「ゆりケ丘学園」「わかゆり学園」に通う障害者たちが作った、色鮮やかなマフラーやバッグ、絵はがき、陶芸品などが並ぶ。

人気で品不足状態も

豆をいる時間を待つ客が、品定めを楽しんでは、買って行く。「納品に来る障害者が、自分の作品が売れてなくなっているのを知った時の、とてもうれしそうな顔を見るのが幸せ」と小宮さん。店には「障害者と健常者が一緒に夢をかなえられるところ」という意味の「夢ひろば」のサブネームが付けられている。☎048・259・7766同店。

【宮川 裕章】

〈毎日新聞〉より

人と人との交差点

人と人との交差点になればと願って運営してきた〝こらんしょ〟でしたが、これまでたくさんの人々との出会いがありました。障がいをもったお母さんが店を訪ねてこられ、悩みを話していかれたり、あるときは相談できるところを紹介したりと、こちらの持つ情報を提供することもありました。また、障がい者も一緒に働く店作りを考えている人たちもこられ、こらんしょのできた経緯や、これまでやってきたことを話す機会もあり、それをきっかけに店の立ち上げを応援することもできました。

さらに、川口のボランティア団体に参加し、毎年中学生の夏休みボランティア体験を受け入れてきました。そのときには、店内に置いてある作品の作られている背景や彼らの働いているようすを知ってもらうために、太陽の家に協力をお願いし、施設見学を必ず入れています。そこで仲間たちの仕事をしているところを見たり触れ合ったりしながら、彼らを知ってもらうことを大切にし、そのうえで店の作品を見てもらうようにしました。

そして、こらんしょ自体もボランティア団体として、市のイベント等に積極的に参加し、周りの人たちと手をつなぐことを心がけました。

こらんしょの特徴は、劇場の仲間という共通の土台があったため、一致点をもちやすかったこと、それぞれが自分のネットワークを生かし広がりをもてたことは大変心強いことでした。メンバーのなかで障がい者の親は私だけでしたので、他のメンバーにも障がい者について知ってもらい、理解を広げる機会になりました。また障がいのことだけでなく、子育て全般の悩みを客観的に受け止める場になったことは、いろいろな人がいたよさだと思います。

そして、こらんしょを運営してくるなかで感じたことは、「ここにくれば人と出会え情報が得られる」「話を聞いてもらえることで、今自分がぶつかっていることの先が少し見えてくる」というような安心感が得られる拠点がある、ということがとても大切だということでした。

そして、山本さとしさんが作ってくれた『こらんしょへようこそ』という歌は、ブルーグラスを歌っているボランティア団体が軽やかなリズムのカントリー調にアレンジして、市のイベントのときにいつも歌われ、広がっていきました。

もう一つの常設店「ふらっと」の誕生

私は福祉の常設店が「こらんしょ」だけではなく、地域のあちこちにできることを願っていました。障がい者のことを知ってもらうことを私の役割として、障がい者施設めぐりをしたり市民とつながれるようボランティア団体のなかで関わりを続けてきました。

そして、二〇〇〇年に市内にもう一つの常設店ができました。こちらは、市民に公募したなかから選ばれた「ふらっと」という名称で、ちょっと気軽にふらっと立ち寄れる店というイメージです。

その常設店は当初、川口市の総合文化センター「リリア」内にあるボランティアサポートステーションの一角に設けられ、開設にあたっては市民、障がい者団体、行政による実行委員会が組織されました。そして川口市内の障がい者施設の自主製品を扱い、市民がボランティアで日常的に運営を支えていくという、「こらんしょ」とは違う新たな形でスタートし、私も実行委員のひとりとして関わっていきました。そうして「ふらっと」は、行政と市民・障がい者団体の協働事業の土台づくりになっていきました。

リリア文化センターで催し物があるときは、「ふらっと」にたくさんのお客様が見え、施設の商品が好評で市民に広がっていきました。

協働事業として「ふらっと」の新たなスタート

二〇〇六年七月に川口駅前に新たな複合施設「キュポラ」がオープンしました。そのなかに市立中央図書館が開設され、その隣りに喫茶コーナーがつくられることになったことから、ボランティアサポートステーション内で六年半運営されてきた「ふらっと」をそこに移転させることになりました。

実行委員会も新たに組織され、市民、障がい者団体、社会福祉協議会三者の協働事業として位置づけられ、本格的にカフェ付き常設店としてスタートしました。名称も「カフェ&ふれあいショップふらっと」と変わり、ここでは、「こらんしょ」での経験が生かされました。

この協働事業は、市民が日常的な運営に責任をもつために、チーフボランティアを組織し、ボランティアスタッフの協力も得ながら、週六日、一日八時間営業の常設店としてスタートをし、四年が経過しました。

日常の運営は月一回の実行委員会とチーフ会（ボランティアの責任者会）のほか、年数回の運営委員会、障がい者団体の施設長会などを開催し、社会福祉協議会が事務局を担っています。ここには自主製品を作っている川口市内の十六施設が障がいの種別を越えて参加しており、お互いに理解し合うことを大切にしています。

立地条件も、川口駅前で、中央図書館の隣りのため、多くの市民の利用があります。その売り上げは、施設の製品のみで年間六百万円を超え、障がいのある人の給料として還元され、彼らの働く意欲にもつながり、励みにもなっています。

そして四年たった今、運営も安定し、土台ができたので、新たな展開として障がい者自身も店で直接接客をし、社会参加をしていく場として取り組んでいます。自分たちの作った物がお客様に手渡されていく場面に直接携わっていくことで、仕事への充実感や意欲につながっています。

また、スタッフやお客様とコミュニケーションが生まれることで、障がい者への理解を広げる場にもなっています。

また、実行委員会で、店内のディスプレイや作品展の準備をすることにより、施設の職員同士の交流が生まれ、つながりができました。さらに、お互いの作品を見合うことで刺激し合い、作品の質の向上と新たな作品作りに挑戦するきっかけにもなっています。このように、「ふらっと」は障がい者と市民をつなげる大きな役割を担ってきています。

しかし私は、実行委員長という役割を担いながら、約二年間、会議にはなんとか出席できましたが、尚巌の病気の発症や夫の入院、私の腰の手術、さらに病院での付き添いなどで、日常の運営の関わりを休ませてもらいました。他のチーフの皆さんに助けられ支えられてこの二年間なんとかやってくることができ、感謝の気持ちでいっぱいです。

ふらっとはこれからも人が集い、いろいろな形で紡ぎ合える場になっていくことをめざし、豊かな人間関係のなかで、共に生きる街づくりの一端を担えればと思っています。

尚巌に生かされた私の人生

これまでの私自身の生きてきた道を思い起こすと、尚巌の存在が私を生かし、尚巌によって生かされてきたことを改めて感じます。

尚巌を育てるときに、尚巌を生んで幸せだったと思って死んでいきたいと思いましたが、親の私より先に尚巌を逝かせてしまいました。それに、私を幸せにしてくれたのは尚巌のほうで、私は尚巌を幸せにできたのかどうかという疑問が自分に残りました。

力が尽きるまで見事に生ききった尚巌を見ると、あっぱれとしか言いようがなく、私は尚巌に生かされて、これまで豊かな人間関係のなかで生きてこられたのだと思います。

生かされていたのは自分だったことに気づかされています。

補章

哀れみと施しの対象ではなく、ひとりの人間として

川口太陽の家の理念と実践

松本哲 VS 石黒和枝

対談

時代や価値観を共に創る「仲間」

◎「仲間」とよぶ理由

松本　私が「障がい者施設」の現場に入った頃は、職員を先生と呼ばせ、仲間たちを呼び捨てにするのが当たり前でした。以前勤めていた施設を辞めるとき、ある仲間の親から、「松本さん、うちの息子は五、六十歳になれば、入所型の施設に行くようになる。そのときに息子は短大出たての小娘のような職員に呼び捨てにされるんだ。お世話になるんだけれども悲しい」

と言われたんです。その言葉は大ショックでしたね。

もうひとつは一人ひとりを大切にしているとは思えないような施設で働く経験をしてきて、それとは正反対の「太陽の家」の実践を見ると、その時代や価値観をつくってきているという自負がある。いまだにこの社会や制度は障がい者にとっては生きづらい。このなかで今我々が生きることそのものが未来を創る、その仲間なんです。

そういう意味で「仲間」と呼ぶことでいつも意識化する。ここではみんな私のことを松本さんと言います。私も全部「君」とか「さん」づけで呼ぶ。子ども扱いしていると、子どものままになってしまうのが知的障がいの特性ですから。

先日仲間のひとりが転んで指の骨を折ったとき、医者は「手術して暴れたら困る。どうせ障がい者だから曲がったままでいいでしょ」と言うから、私が「ダメだ！　人間は形があることに意味がある。絶対手術をして欲しい。私と担当の佐藤が付き添います、絶対暴れさせない」と言って、本人に「痛いけど、とにかく頑張れ。あなたが頑張ることで未来が開ける！」と言うと、その仲間は「わかった！」って。途中から医者がニコッとして、「あ、大丈夫ですね」と。彼は十分役割を果たしましたね。

石黒君もそう、だから仲間なんです。哀れみと施しの対象という一般的な価値観から、どう脱却するかが問われている。実際日々の障がい者施設の仕事は苦しいです。だから少し高い理念を言い合って閉塞しそうな職員たちと励まし合うのです。

◎人間関係に勝るもの無し

松本　性衝動が湧き上がると、建物の脇を匍匐《ほふく》前進して外に出て塀を乗り越えていく仲間がいた。その姿を見たときに、もう門を閉めても、塀を高くしても意味がないなと。ただ、飛び越えようとするときに一度確認するようにこちらを見る、その瞬間目が合ったときに、抑止できる人間関係をつくろうと思ったんです。性衝動が出たときに、アイコンタクトで「ダメ、ダメ」とすると、こちらに来て「悪いことしない」「何もたくらんでません」と言う（笑）。

そうやって自制できるようになるのに、十年かかりましたね。

本人が自覚して主体的になったほうが、早道。でも積み上がるまでに時間がかかるのが特徴。だから五年から十年の時間が欲しいと思える人が多いんです。

その根拠になっているのは私や仲間と家族の関係の実感ですよね。

石黒君が風のようにいなくなったとき（五章 夜の遠足）、石黒君だけではなく何人もいるのですが、見つかって太陽に帰ってきた彼らに、どう声かけするか。「大変だったね！」と言うのが太陽の基本です。

逆に、思いを寄せられることでパニックになる人もいる。「罰くれ！」と自分で言う。「罰ってなあに」と聞くと「正座と出勤停止と食事抜きです」と。学校教育を受けてそこしか学ばなかった。切ない姿ですよね。そのとき彼に「失敗をして太陽に来づらいんでしょ。それでも来ることが罰だと思ってくれ」と言うと「え〜！」と驚く。

知的障がいは軽いけれど、人と関わる力が弱く、赤ちゃんと目が合っただけでもパニックになる仲間もいる。人が怖くてしょうがない。「いつか人を刺すかもしれないけれど、どうすればいいんでしょう」と入ってきたのが最初の出会い。私のいる部屋で二人きりで過ごすことから始めて、ご飯も一緒に食べていました。

彼は、障がいの重い人がそばに来ると怖くて「あっち行け！　自閉症死ね！」とよく言うので、「あなたも自閉症なんだから同じでしょ。たとえば石黒そばにくるな、とか○○はあっち行ってろ、と名前を言ったほうがわかりやすいでしょ」と言うと、「それは個人情報でしょ。やっちゃいけないんですよ」と。「なるほど！」と私はひざをたたく。頭ごなしに説得するのではなく、「そうだよな」と共感する。そういうことが大事だと実感しています。

石黒　否定されないことの大事さですよね。

松本　私は彼と出会って、「人間てそうだな」と思って嬉しかったのは、最初は苦しいことや困ったことがあると相談に来る。そこである程度関係が試されて、大丈夫と思うと、こんどは嬉しいことがあると言ってくれるようになる。

彼は二十五歳過ぎても、まだ公文式に行っているのです。あるとき、いきなり私の鼻っ面に紙を見せた。数学の何級かの合格書でした。わざわざ報告しにきてくれたわけ。「よかったじゃん！」と言ったら握手してきたの。人の体なんか触れなかった人だったのに……。自分でもびっくりしていました。あ、こうやって障がいを乗り越えていくんだと思いましたよ。

そういう困難な人たちと出会っているからこそ、同じ時代に生きているのにこの人は人間のこと怖くなっているとか、人のことを信じられなくなっているとか、痛みを感じましたよね。だから個人的に願うのです。「人間まんざらじゃないな」と思って欲しいと。

そういう人たちと出会ったときのうちの合言葉は、みんなと同じことをさせようとする前に、まず「仲良くなろう」なんです。仲間たちもきちんとしたものの考え方や思想が合致すると、なんとかなっていく。

◎本当は優しかったH君のこと

松本　H君もそうだったの。大きなパニックのある人で、不用意に彼の心境に踏み込むと、暴れたり、物を投げたり、他人に手を出したりしていました。

ディズニーランドに行くときに私が彼の付き添いになったので、「松本さんと一緒だけど俺は一日ここで待ってる、あんた好きな所見てこい、心配になったら帰ってきな」と待ち合わせ場所を決めた。「わかりました」と言ってぴゅって走っていって、三十分くらいして戻ってくると、「心配してた?・」って聞くの。そしてまた走っていく。それを一日やっていましたよ。

パレードのときも向こうのほうでこっちを見ているので、アイコンタクトで「わかってるよ」という顔をしてあげると、ものすごく安心したような顔をする。彼らの〝一緒〟というのは、いつもそばにいるということではなく、気持ちをちゃんと寄せているということを、気配で見せてあげると大丈夫なんです。

そういう姿を職員が見ている。そうすると、私という個別性から普遍化していって、職員の彼への理解が進み、彼にとって心地いい環境につながっていく。

石黒君亡き後、その彼がコンサートやイベントになると「石黒君と一緒に行く」と言って石黒君の写真を持って行くんですよ。いちばんやんちゃで私とよく取っ組み合いをしていた彼が、落ち着いてみたら誰よりも優しかった。彼のお母さんが泣きながら「二十年かかりました」と。「二十年かかったけど変わったからよかったね」と言い合ったんです。

石黒　今日、H君のお母さんから「もしかしたらいちばん親に優しかったりしてね。石黒君に感謝だわ」と言われて、そういう我が子にたいする見方ができるようになったHさんって素敵だな、息子も少しは役に立てたのかな、とその言葉から私が逆に気づきをいただいたの。

松本　石黒君が亡くなったとき、彼がいちばん不安定になっていた。そういうときにみんなと一緒に参列することや並ぶことを求めると彼は苦しい。しかし、物理的には距離があっても、彼の気持ちをちゃんと届けているということを評価して認めてあげると、うんと穏やかに落ち着いてくれる。だから短時間でみんなと同じようになることを求めなくてよかったって思う。結果としてはそうなってくれますから。だって、あのH君にたいしてお母さんが「優しい」と言うまでに評価するなんて考えられないくらい……。あ～よかった！

私、去年心臓の手術をしたんですよ。場所が悪く処置し切れなくて、手の施しようがないという結果だったので、そのときはさすがにこたえましたよね。でも職場に戻ったときに、さっきのH君が真っ先に駆け寄ってきて、私の頭なでて「松本生きてたか、よかった!」って。

それは、障がいがある人だって我々と同じような人格の育ちをするんだということを実証している。思いやるとか好きになるというのは、理屈を積み上げるからできるものではなくて、そう思える人格になっていることが大事なんだと思うのです。

たとえば、自閉症にたいする取り組みで、小部屋で窓を全部閉め切って、壁にパーテーション入れて仕事をすると落ち着く、というのがある。情報をうんと制限してあげると、実際落ち着くんです。でもそれはその環境のなかで落ち着くだけで、その後どうしていくのかという視点がないと、人としての育ちが阻害される。

結局人は人との関係のなかで人と向き合って育っていくんですよね、時間はかかるけれども。

◎真剣勝負の世界

松本 この部屋に石黒君のご両親と太陽の職員が集まって、石黒君が重篤な状態であるという事実を知らされたとき、お父さんは息子がどこで死ぬかという話をされなかった。「みんなのなかで生きることが家族と本人の願いです」と。

石黒 太陽のことなど考えもせずに、こちらが一方的に要望書みたいなものを出して。

松本　それでいいじゃないですか。発信する人があってこそですから。みんなも医者じゃないから医療ケアはできないけど、自分たちができることをそれぞれがまっとうしただけなんです。

そのとき担当していた佐藤さんが「職員はどんな仲間も平等に関わらなくてはいけないということはわかっているけど、私にとって特別大事な人なので特別大事にしていいか」と私のところに相談にきたので、「特別大事にしようね」と。そしたらやりましたね、彼女は。徹底してやりました。そういう所なんですよ、太陽の家は。機械的な平等論はしない。いちばん困難な人をいちばん大事にしますと。それを職員は徹底してくれた。

きっとそれは、一人ひとり人生のなかで苦しかったときにきちんと支えられた実体験があるからだと思うんですよ。優しくされたことのない人に、優しくしろと言っても、難しい。

石黒君はそういう意味では障がいを超えて生きた人だという気がします。

とくに最後のベッドの上では、ドクターが「生きているのが不思議なくらいだ」という状態になっても、我々がお見舞いに行くと、ぱっと顔を輝かせてくれる。「帰る」と言うとクビを横に振って許してくれない。へえ～と思いましたよ。でもありがたいなあって。

現実的には石黒君は言葉がそんなにあるわけでもなくて、結局どう向き合ってきたかが評価されるだけですよね。お世辞抜きの真剣勝負みたいな世界だから。

いつもみんなで「太陽で出会った責任はお互いにとろうね」と言ってるんだけど、石黒君は果たしたよね、亡くなる前に。一人ひとりの顔を見て何か言ってた。

石黒　しゃべってた。（十章 奇跡の三時間）

松本　驚いたね。

松本　最初石黒君のところに行くのを職員の東田君は怖がっていたので、彼に「障がい者が反射的にもごもごしていると思うのか、石黒君があなたに何かを伝えようとしているのか、どう感じるかだ」と伝えた。毎日病院に見舞うなかで、石黒君が自分の手を握ってくれた。そのとき「あっ。これが松本さんに心を揺らせと言われている意味か」と。嬉しかったようです。

石黒　私はあのとき感動したの。佐藤さんを押しのけるようにして「石黒く〜ん」とベッドに駆け寄って手を握られて。尚厳に「何かを託された気がする」と自分からおっしゃった。それを聞いて、「わー息子と距離が縮まった、よかった！」と。

松本　気持ちが揺れる才能もあったんだね、彼のなかに。だから託されたんですよ、東田君は。実践者としてとっても幸せな出会いをしたと思います。

石黒　ある面では親を越えた仲間と職員の信頼関係を見ることがあるんですね。あれだけ体がぼろぼろになっても生き延びられたのは、職員の方たちが毎日来てくださったおかげで、生きる意欲が残っていった。体は死んだけれど彼自身は生きていたんだと思う。そのことをもしかしたら最後の日に伝えたかったのではないかと思うんです。

松本　それはね、群れと社会との違いだと思うんですよ。動物の群れはそれはできないでしょ。とっても人間らしい行為だったなあって。そのことがみんなにいろんな影響を与えていますよ。

◎石黒君の仲間葬

松本　石黒君に障がいがあるとわかったとき、お父さんとお母さんは、みんなのなかで生きてもらいたいと願われた。それは正しかったということが、あのお葬式で証明されましたよね。太陽のふだんの実践がちょうど花開くときだったと思うんですけど、石黒君を太陽の前で見送るときも、なんの打ち合わせをしたわけでもなくて、「バスを遅らせてでもみんなで見送りたい！」と言ってくれた仲間たちに、「通るのを見送ろうね」と所長として職員や仲間に伝えただけ。そしたら門のところで鈴なりになって待っていた。そういうことができましたよね。

石黒　でもそれを全部の親に伝えなくちゃいけないわけでしょ。「急に明日のことを言われても親には対応できない」となるのがふつう。それをやりきるというのが太陽のすごさ。

松本　お葬式についても、お父さんやお母さんから「石黒君らしい見送りを！」とお聞きしたので、石黒君らしいというのはやっぱり「みんなのなかで」なので、みんなで見送ろうって。

石黒君が亡くなったことは特別なことだけど、みんながそこに対応した。仲間も職員も。お葬式のときのみんなの立ち振る舞いは、二十数年の積み上げがここに結集したと思いましたね。うんと障がいの重い人はお葬式などの特別な場所に行くとパニックになったり、非常に反社会的な行為をする人が出たりするんだけど、あの日は誰もいなかった。ふだん人前でしゃべるのを嫌がる職員や仲間たちも弔辞を書いてきてくれて、一人ひとりが責任をまっとうした。

べんさんと我々は関係性があったので、みんなで歌うたってね、とても感動的なお葬式だったなあ。破綻する人もいなくて、なんかすごかった。

生きることとか死ぬことなんて講演を聴くだけではわからない。とくに仲間たちは実感するしかないでしょう。そういう意味で、とてもいい経験をみんなでさせてもらったと思います。

それから、Sさんがお見舞いに行くと石黒君すごく喜んだじゃない？　お葬式ではI君が悼辞読みましたよね。そのふたりの親御さんが共通して私に言ったのが、「うちの子でも人様の役に立つんですね」って。障がいを持つ人の親は、きっとそういう願いがある。現実的には支援を受けたり、お世話をされる比重が高いんだけど、やはり社会の一員であるということは、社会貢献でもあるわけでしょ。すごくそのことが人生を励ます。

そういう意味で石黒君はうらやましいくらい充実して生きましたね。

亡くなって、そろそろ一年ですね。

◎人格形成に必要なもの

松本　私はここの施設が補助金ゼロの無認可のときからの創生期のメンバーです。今から二、三十年前は障がいが重いということを理由に施設の利用を断られるケースが多かった。でも障がいがあることや、障がいが重いということは誰の責任でもないので、みんなで支え合おうと、そういう行き場がない人のために創った施設です。倉庫借りて、みんなで空き缶を集めながら、施設の運営をしていました。だからここの法人の誇りというのは、障がいの重い、軽いとかによってお断りしたケースが一件もない、ということです。

でも三十年たって、当初の障がいが重い人の利用から、障がいは軽いけれど、人格形成にリスクをもっていて、触法行為、いわゆる犯罪を起こしている人の利用が最近は増えています。

最近、困難な人ってどんな人かなとよく考えますね。

ひとつは客観的に見て困難だけど、その自覚がない人。もうひとつは制度が想定していない現実を持っている人。今の法律の前提を上回る現実を持った人は制度的に助ける術がなくなる。

小さいときから虐待を受けて、アダルトチルドレンのようになって入院している仲間がいます。親もほとんどお見舞いに行かないので、月に一度私と担当で顔を見に行く。入院のために精神病院に連れて行くと、厄介払いにきたと言われる。そうではないというために、私たちは、入院したら退院する、という取り組みをします。

小さいときから親に棒でたたかれて育てられたような人たち。ごく当たり前に三歳くらいまで抱っこしてあげるような関係が希薄になっていると、その人の人生にとっては痛手ですよね。リストカットしたり、わけのわからないことをする。残念ながら人の期待を裏切る恐怖感がない。そうなると、障がいが重い軽いは関係ないですね。

石黒君はそれの真逆で、期待を実感するから頑張ったじゃないですか。

石黒　そういうのは、親自身もそういう体験のなかで育っている場合が多いですよね。

松本　そうです。残念ながら、不幸にしてね。石黒君はベースがしっかりできてきたのは大きい。石黒君の取り組みについては、性善説のなかでみんなが応えて、ほんとによくやったけれど、そういうのに全然心揺らさない人が増えています。

石黒　それはおやこ劇場があったからだと思うんですよ。親だけではそうはならなかった。

松本　私たちの立場でいうと、知的能力の発達と、人格の発達とあると思う。障がいがあってもなくても人格の発達は同じ道筋を通るわけですよね。だから小さいときは家庭が十分機能して、彼の人格形成も含めて土壌がしっかり作られて、人格の育ちにいいタイミングでおやこ劇場のさまざまな人たちと出会ったり、青年期に入ったときにここに出会って、ホームに移ったりしたなかで、おそらく石黒君はうまく反抗期を乗り越えたと思う。

石黒　反抗期がしっかりあって、それが顕著に現れてきたとき、家庭だけでは親子関係がうまくいかない、とくに父親とダメだと思ったときに、ホームに移れたのです。

松本　そこができてよかったよね。どうしても障がいのある人の親たちは転ばぬ先の杖を用意しようとする。しかし、お世話をされるだけの存在ではないということを、そういう大事さを彼自身が立証してくれた。自分より障がいの重いSさんなんか支えてた。意識してその存在を許容していたから、ずいぶん人格が育った人だったですよね。

石黒　おとなの入り口に立ったときに、これまで培われてきたものが、太陽に来ることで花開かせてもらったという感じがするんですよ。あの年齢くらいになれば当たり前のことですが、親以外に大事な人がいるという充実感は大事ですよね。

◎職員を育てよう！

松本　ここは突出したスキルはないし、建物だって貧弱だ。それを超えるには「職員を育てるしかない」と思いました。それに職員が応えてきていると思います。家族会の方たちにも言われますが「新人の頃からすると顔つきが変わってきた」と。それはたぶん、困難から逃げさせないし、向き合ってもらうからだと思います。職員にとってはきついですよ。

障がいがあってもなくても、人が発達していくひとつのきっかけは、偶然だと思うんですよ。ある瞬間ふっと思ったり、できることがある。そのときに関わるおとなたちが、「それは大事なことだよ」と意味づけをして、「続けていってね」と言ってあげることが人を育てますよね。

職員の育て方として、重要なことは短時間で物事を決めない。仲間と同じで長い目で少しずつ少しずつ積み上げていくものを評価してあげる。

もう一つは欲張らないこと。一つができたから二つ目がすぐできるかというと、それは甘いんですね。先輩が実践で見せるしかない。それが、今私がここにいる根拠だということです。私は現場を持っていないので日々仲間と向き合ったときに、彼らがどういうまなざしで私を見てくれているのか。松本さんは言うことは立派だけど、やることひどいよねというのはまずい。

ただ現実的には太陽の仲間たちは障がいが重くて大変です。そうすると経験のない職員はこぼしに来る。そのときに、「○○君のどこが好きか言ってごらん。三つくらい言えるようになってからもう一度おいで。嫌いの片思いはないから」と。この人嫌だなって思うと、絶対伝わる。それは距離間とかまなざしとか声のトーンに反映する。その人のことを考えるときのベースはその人のいいところ、自分が尊敬できるところを探しなさい、すぐ見つからなくても探そうという方向性を持つように。それは必ずいい結果につながるはずだからと。

彼らが求めているのは、突出した専門性とか、資格じゃない。どんな状態でも、自分を見捨てないでそばにいることなんですよ。よく悩んでいる職員には「そんな自分でもいいか、仲間に聞いてこい」と言うの。そうすると、「いいそうです。元気になるのを待ちます、と言われました」と。「出会った後どう責任をとるか。それはいなくならないこと。ある質感を保ちながら存在をしてあげること」と、職員が辞めたくなるようなとき必ずそういう話をします。

私自身が心がけているのは、間口を広めにとっておく。よく職員に言うのは、「あなたは焦って人を理解しようとするから苦しくなる。行く方向さえ間違えていなければ、ある幅はよしとして許せば」と。そういうものの考え方はお袋にもらった財産なんですよ。十年前にお袋死んだんですけど、死んでから近所の人が、お宅のお母さんは人の悪口言わなかったねって。

結局大半の問題と言うのは、そういう思想とか哲学とか物の考え方を整理すればなんとか乗り越えていきますよね。

石黒　集団でその場を共有するからいいんだと思う。

松本　よく職員に言うんです、総合力でここは人を支えてる。総合力とは、多様な条件をお互いに許容し合う、気づき合うということ。その具体化されたひとつが、石黒君を支えたことでしょう。それぞれができることを愚直にやり続けてくれる。それがここの職員のすごさですね。

◎原点

松本　初めて障がい者に出会ったのは二十歳のとき。当時の教師たちから「この子たちとご飯を一緒になんか、気持ち悪くて食べられないよ」と言われたとき、この子たちは社会に出たらきっとひどい差別を受けるに違いないという思いがずっと胸にあった。それで施設に就職したら、そこは一人ひとりを大切にしているとは思えない施設だった。

その施設を辞めて「太陽の家」に来るときに、当時六十過ぎの知的障がいのおばあちゃんが「松本がいちばんいい職員だった」と言ってくれたんです。言うことを聞かない仲間をたたくことを拒否したことで先輩たちから生意気だっていじめられていたから、ホント嬉しかった。その言葉で三十年自分を支えて生きてこられた。

それと、うちのいちばん下の子が未熟児で産まれたんです。ドクターから「将来歩けなくても、しゃべれなくてもいいいと思って欲しい。命さえ助かればほめて欲しいくらいの子どもです」と言われた。それが我が子との最初の出会い。ほんとにショックだった。

そのときに自分の子どもに障がいがあるというのを嫌がっている自分がいた。自分は障がいのある人と毎日向き合うところに勤めてる。ほんとにここにいていいのか、と苦悶の時間を過ごすなかで、障がいを持って生きる子の親になることのたじろぎだなあって気づきましたね。

医者に「今日が山です」と毎日言われると、名前がつけられない。どうせつけても死んでしまうんじゃないかなと思ったりして。

そういう心境を見透かされたように、子どもが入院した病院の担当のナースが私を呼んで、「松本さん、今あなたがしなければならないことは、この子を人間だと認めてあげることだ、あなた自身のお子さんだと自覚することです。まず名前をつけなさい」と懇々と怒られて。

「啓」という名前をつけてちょっと落ち着いた。

ある日またドクターに呼ばれて、「お父さん、やっと胃ができました。ただ機能するかどうかはわからない、鼻の管から母乳を3cc入れて、消化できなかったら覚悟しておいてください」と。翌日、私を怒ったナースが飛んできて、「お父さん、啓ちゃん消化しましたよ。ほめてあげなさいよ」と言ったんです。それが私の大きい原点で、ものすごく嬉しかった。

ちいちゃくて、管だらけで、人工呼吸器の中にいるから人間に見えないような子に、「ほめてあげなさい」と人間扱いしてくれるのが嬉しい、という自分に出会えたんですね。

女房は保育士で、障がい児保育をしていたから、子どものことを話すとすぐわかって、「お父さん、啓は重い障がいを持つね」と言われたときに、「大丈夫だ。太陽がある」と言ってしまった。啓が社会に出る前に、太陽の家を日本でいちばんいい施設にしておこうって。それには職員を育てることだって思った。

それは、私自身が苦しいときに人に支えられたという実感を持っていたから、ある意味では自分の個人的な感情も含めて職員に押し付けているかもしれないんですけど。

うちの啓はIQや運動能力でみる一歳児検診とか入学時検診では引っかからない。ところがなかなかものを覚えられなかった。最初わからないから怒鳴ったり怒ったりして、要するにみんなと同じになることを一生懸命求めているときって、ほんとにつらかった。あるとき女房から、これはやっぱり違うわ、この子なりにどうやって生きていくのかを考えてあげたほうがいいよ、と言われて、もう一度再確認した。

今高校の二年ですが、マラソンの選手なの。これがほかの子と同じ学力を求めていたら、とってもつらかったはずなんだけど、わりと幸せなの。

石黒　親もつらいしその子もつらい思いをする。

松本　太陽も働いていてつらいことも多いですよ、法律ひどいし。私が朝「もう、今日は太陽行きたくない」と言うと、啓が「お父さん、おれなんかさ、勉強わかんなくても毎日行って、頑張ってんだから、行ってきなよ。みんな待ってるんじゃないの」って励ましてくれるんですよ。

私の子育てのいちばんの記憶は、私が寝転がって本を読んでいる、上のふたりが私に寄りかかって本読んで、啓が私の背中で昼寝している、みたいな温もり感だよね。そういうことがある子って強いなあって。石黒君は間違いなくそういうなかで育ってきた人だなと思いますね。

◎何になりたいかではなく何をしたいか

松本 最近よく思うんですけど、人間二種類だなと。何になりたいかと、何をやりたいかだと。何になりたいか、と思っているあいだは、人間あまり幸せになれない。

たとえば障がい者の親で、健常者に少しでも近づいて欲しいと思っている間は、相当苦しい。それよりも石黒君みたいに、障がいはあってもみんなのなかで人間らしく生きてもらいたい、というように、何をしたいかというほうに思いを変えたほうが絶対豊かだよね。

石黒 そうしないと求めているものが一点だけになる。絶対健常者にはならないのに。

松本 障がいを持った親と親子関係はそこをくぐる。相当焦るし。

石黒 息子の経験からいうと、障害児学級と養護学校との違いは明らかにある。障害児学級では親がいつも普通学級を見ているから、親が育ちにくい。健常児に近づけよう、近づけようとして、学習をさせてしまう、算数とかを。でもそれを使えるようになるかというと使えない。そこの曖昧さの問題が学校の教師にもわからない。

松本 普通学級に行くことが目的みたいになってしまうと、どうも違うのではないか。教育権が保障されるというときに、普通学級に入ることではなくて、その子に合った教育が保障されることではないか、と思う。石黒君は年相応の世界をずっと持ってこられたのはよかった。

私はいつも新規利用の人には、ほんとに本人がここを希望しているかどうか、しゃべれない人でも表情から汲んで欲しい、そういうお願いをします。石黒君がここを選んでくれたんじゃないかと、ちょっと自負してる。

石黒 私も、親の意向で入れたとしたら、いつもどこかでそのことが気になっていたと思う。

松本 石黒君を受けたのがちょうど私が現場の最後のほうでしたね。リュックしょって玄関のところにひょこり立ってた、よく覚えてますよ。

石黒 出勤するという感じで、ワイシャツを着て。(笑)

松本 最初はまじめだったんだね、だんだん冒険するようになった。彼は行方不明の最高記録保持者ですから。(笑)

◎人権が守られるということ

松本 自分が以前勤めた施設で、職員にひっぱたかれて泣いている人や、無理やり引っ張られていく人の悲しそうな顔を見たとき、これはよくないと思った。

たとえば仲間がパニックを起こしたとき、若い職員が駆けつけて「何やってんの!」と叱りつける。そのとき私は「何やってんの!」ではなく、「どうしたの?」と聞いてあげなくちゃ。手を引いて誘導するときも、手首を持つのではなくて、ちゃんと手を握り合って欲しい。ほんとに信頼があればこうやって指出せば手を握ってくれるから、とやって見せる。それから仲間に職員が立ってお説教しているときは「お前だけ偉そうに立つんじゃない。ちゃんと座って目線を合わせて言わなくちゃ」と。ある意味では細かいことは徹底してますよね。

人が大事にされるとか人権が守られるというのは、体罰があるかないかではなくて、そういうことがきちんと日常化していることだと思うんですよ。

ここは毎年四月一日、全員集まって、その年に何の班で仕事をしたいのか全員に決めてもらうんです。しゃべれない人はほかの仲間が伝わる方法をいろいろ考えて。それが決まると、こんどはどの職員と仕事をしたいか職員を選んでもらう。職員から大不評の取り組みなんですが、私が絶対譲らない。仲間に聞くとそういうことが対等平等だって実感するって言いますね。

仲間の自治会に呼ばれて、「知恵遅れってどういうことなのか」「障害者自立支援法という法律はどういうことなのか」を説明をしてくれと頼まれるとき、仲間に向けてきちんと資料を作るんです。そういうことが「仲間は大事にされていると思いますよ」と言ってくれる。ごまかさない。結局そういうものを職員たちが見てくれている。

この仕事を職業人として選ぶなら、落語の修業と似ている。まず、いいお師匠さんを探しなさい。現場に入って、この人の実践ってほんとにいいなあと思う人を見つけなさい。そして真似しなさい。真似していくうちに意味がわかってくる。そこからあなた自身のオリジナリティが出てくるよって。

◎社会的に意味のあることを一緒に体験する

松本　障がいの重い人には、冠婚葬祭などに立ち合わせてもらえない場合が多い。でも「太陽の家」では、我々が付き添うので出させて欲しい、と立ち合わせてもらうようにしています。

仲間のお母さんが亡くなった場合、担当職員と私が付き添って骨を拾うのをやってもらう。それが最後の親孝行だからというのと、もうひとつはそこをくぐらないと壊れちゃう人がいるんですよ。彼らにとって親の存在は絶対ですから。

実際寝ているだけだと思っている人もいます。遺体に触らせてあげて硬さとか冷たさとかを知ってもらう。なかには葬儀場から飛び出していく人もいるので、そのときは私としばらく外を散歩してもう一度中に入って、というのを何回もやって。そして焼きがまに入るのを見てギョッとする人もいる。骨は一緒に拾って納骨する。

よく石黒さんがおっしゃる実体験をするしかない。みんながふだんと違う黒い服を着て、不安ななかで。でも立場が人をつくっていく。

太陽ができたての頃、ある仲間のお父さんが亡くなったので葬式に行くと、本人が駐車場の車の中で待機させられていたのです。でもお母さんとか兄弟責められないですよ、障がいがとても重い人だから。ただその姿はとてもショックで悲しかった。これはなんとかしなければという原体験はありますね。実際環境をつくって、条件を配慮してあげればちゃんとやれるじゃないかと。

そうやって二十数年たったということです。

石黒　疎外感は障がいがあるなしに関わらず、誰しも感じるものですよね。だから同じことを共有できたという喜びは大きいと思いますね。

松本　それには、社会的に意味のある行為を、一緒に悩んで一緒に喜んでということをすることが大事だと思います。

◎仲間を守ることは職員を守ること

松本　ここは当初から、仲間を守ることと職員を守ることは同じだという考え方なんです。誰かの犠牲で事業をしない。中心的な家族の人たちが、まずそれをみんな思って言ってくれる。

石黒　国会に請願に行くと、「職員を守って欲しい」と仲間が言ってくれるんですよね！

松本　メーデーなんかに行っても、「職員を支えてください」と言ってくれる。それはモチベーションをものすごく保たれますよね。責任を自覚せざるをえない。

石黒　経営が苦しくなると職員をまず削ろうとするのがふつう。ここは二十数年ぶれない。

松本　福祉施設の支出の大部分は人件費ですから。でも今まで給料の遅配欠配もないというのも自慢なんです。

女性職員が結婚して妊娠する。そこで「すいません、産休育休をとりたい」と言ってきます。そこで、「すいませんと言わず、胸張って休んで！　そのかわり必ず帰ってきてね。あなたに続く後輩が妊娠したときに、あなたが守るんだよ。就業規則に書いてあることではなくて、配慮というのはあなたが中心になってやってあげて欲しい」と。先輩を見た後輩が、自分も子どもを産んでも働けるんだ、という職場をつくりたかったんです。

やっぱり仲間や家族にとって職員は宝だと思っていますから、私の役割は宝をなくさないこと。病気しても何してもとにかく帰ってきて欲しい。だからみんな帰ってきてくれると嬉しいですよ。

「太陽の家」は障害者支援施設と呼ばれるわけですけど、石黒さんがおっしゃるように、育ち合うという言葉に象徴されるような毎日ですよね。ある意味では支え合っている。だから家族の人にも言うんです。自分だけが幸せにならないで、自分たちが楽になりそうだったら、隣の人を見てね、と。

今の法律がどちらかというと、個別主義ですよね。自己責任。自己選択。申請主義。気づかないあなたが悪いんです、という法律。私はそれは違うのではないかと思うからこういう考え方になるのでしょうね。

あるところまではみんな平等に守られる必要があるだろう、そこからは個別性でいいと思うけれど。生活保護のことなんか知らなくて、這うようにして生きている人なんてゴマンといますよ。市役所に行くといいようにあしらわれるので、太陽では生活保護申請の手伝いなどもやっています。制度が想定していない困難さの吹き溜まりみたいなところですから、職員も大変ですよね。

この施設を創ったときには行政は「あんたたちが好きで重い人を集めたんだ。だから市に泣きつくな」と言ったの。創設の頃、私と今の理事長と太陽の里の施設長と事務の千明と四人で、いつも一緒に考え合って、励まし合って、とにかく話し合った。そういう意味ではコミュニケーションが大事だったなあと思います。

それから十五、六年たったら、「この市の福祉を支えたのは太陽の家だ」と総括されて、今はここを見ながら制度を作る。嬉しかったですよ。親たちにもそういう報告をしました。二十年間市と話をしてきてよかったねと。制度があるかないかではなく、願いとニーズが大事だなあって思いますね。その意味ではいい実践をするというのは、地域、行政も成熟してきてくれますよね。

実際うちで受けないと親に殺されかねない人たちと出会っていますから。でもそこで受けたことの成果も実感できているので、引き継がれていく。石黒君の思いが託され引き継がれていくのと同じですね。

石黒　家族にも状況や情報を開いているから、家族は社会の動きをキャッチできる。

松本　情報は基本的に公開ですし、特定の属性にしわ寄せをしない。親だけに負担を求めたり、職員の労働条件を悪くして我慢させたり、処遇をうんと低下させるということはしない。家族会で情報を出したりそれぞれの班で懇談会を開いたり。後援会もあって、親の方たちが活躍する場があるんですよね。コンサートとか、とても主体的な活動の場になってますね。

◎障がい者の社会参加を模索して

松本　誰でも社会の一員であるということは、働くことだと思うんですよ。ただ一般的に働くというと、とくに障がい者の場合、狭い概念のなかで語ることが多い。

ここの人たちは絵を描く、和紙をつくる、ステンドグラスや木工もある。いろいろな専門家を組織することで、それが労働として成立してくる。彼らの創ったものをいろいろな人たちが観て励まされるということも、労働だと。そういう意味で施設の役割は大きく、時代や歴史や地域のなかで新しい価値観をつくっていくところじゃないかと思います。

ここも以前、内職のようなことをしたときがあったんですが、太陽の家が作った製品は、遅くて正確じゃないということで全部返されてきた。そのときに、もう少し一人ひとりが自分らしく活動して社会とつながっていけるものはないかと、労働の考え方を見直して、それが今に至るんです。だから同じ現実を見ていても、どう考えるかで随分変わってきますね。

石黒　ふつうは、追い立ててまでもやるじゃないですか。ここはそういうことしないですよね。

松本　やらない。それは前の施設にいたとき、仕事が忙しくなると「こいつとこいつで一日散歩してきて。あいつらがいると邪魔でしょう。手が足りなければ親を呼べばなんとかなる」と言うのを目の当たりにしてきた。

ここは出会ってから考える。いろいろ経験してもらうなかで、仲間が興味関心がどこに向くのか見ていくし、希望も聞く。だから障がいが重いわりには仕事は一生懸命やるんです。与えられたものではなくて自分で選んでいるから。

アートについては専門家がずいぶん関わってくれるので、いろんなことを示唆してくれます。それが社会できちんと評価をされる経験をすると、親が我が子を見る目が変わるんです。実際、「この子を産んで初めてほめられました」と言われたんですよ。そうすると、家の中の我が子の居場所がちゃんとしていく。

施設って制度的には施設内ですべてを完結してもいいという制度なんです。別に障がいを持った人に作業をやらせなくてもいいし、展示会なんか必要ないと言うんですね。でも逆なんですよ。いろんな専門性が施設のために組織されると、専門家は裾野をもっていますから、全国で展示会ができるし、そこから広がっていく。彼らの作品は海外でも評価を受けるようになってきた。職員だけでは絶対できない。そういう意味では理解をしてくれる専門家をいっぱい増やしていくことが大事だなと思っています。

第3種郵便物認可

障害者の美 パリで咲く

日本人作家63人の作品展

芸術教育を受けていない人たちが、自分の中からわきあがる衝動のままに表現した芸術「アール・ブリュット」。パリの市立美術館が日本人の作家に注目し、現地で24日から「ジャポネ展」を開く。館長が選んだ、20都道府県の63人による作品を展示。作家の多くは精神障害や知的障害がある。福祉の現場でも「たくさんの人に見てもらえると、励みになる」という声があがっている。（荒香帆里）

ジャポネ展に出品している作家の1人、斎藤裕一さん(26)は、埼玉県川口市にある福祉施設「川口太陽の家 工房集」に通って作品を書いている。

斎藤さんは知的障害があり、2002年に工房に来た。数カ月して、ひらがなと漢字を書くようになった。スタッフの梅田耕さん(31)によると、大好きなサッカーの新聞記事を見て、その中にある字を書いたことも。書いている間は集中するようになり、一日に40~50枚書いた日もあった。

初めは墨で書いていたが、

「加工されていない芸術」

タッフが「色鉛筆やボールペンで書けば、透かした感じになっておもしろい」と勧めた。斎藤さんが好んで書くのは、曜日ごとのお気に入りのテレビ番組の名前。「ドラえもん」「はぐれ刑事」「コナン」……。画用紙に文字を重ねていく。

評判を呼び、各地の美術館に出品するようになった。アール・ブリュットの関係者からも声がかかり、今回の参加が決まった。

「斎藤さんは自分の展覧会を毎回、見に行きます。アーティストとして迎えられ、誇らしげです」と梅田さん。施

る。

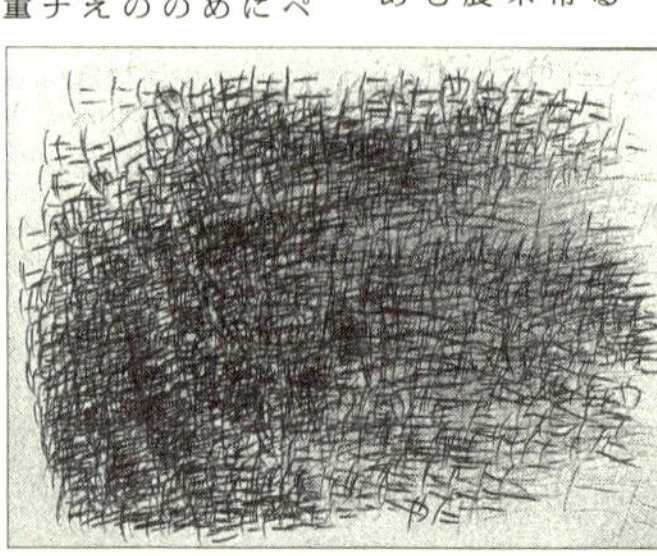

斎藤さんの作品

ことで自信がつき、表情が輝いてきた。「こうした表現の場が広がるといいですね」

アール・ブリュットはフランス語で「生の、加工されていない芸術」という意味だ。精神の病や障害のある人、受刑者たちが自分のためにつくる。英語圏ではアウトサイダー・アートとも呼ばれる。

2年前、ス

日本人の作品

をきっかけに、

・サン・ピエ

ャポネ展を企

ートを紹介し

会福祉事業団

れた。昨年、

来日、事業団

見た。その中

〈朝日新聞〉より

太陽の家の職員たち

～障がい者から人間への意識転換～

青谷正人・佐藤智子・東田拓也・高橋実

（出会い）

ベッドで寝てしまった僕を……青谷正人

二〇〇七年から一年間石黒さんの担当でした。太陽での仕事だけでなく、オレンジホームのスタッフとしても、一緒にお風呂に入ったり、泊まったりしていました。

オレンジホームで、仲間たちを三回に分けてお風呂に入れる担当のとき、入れ終わって石黒さんのベッドで「は～っ」と一息ついたら、そのまま寝てしまったことがあったんですね。そのとき石黒さんは僕に布団をかけてくれて、自分は下に敷物を敷いて寝ていたんです。寒い日でした。起きたときに「やっちゃったね！」みたいなしぐさをして、そのことを怒ることもなく、青谷は疲れていたんだろうなという目線でいてくれた。

オレンヂホームから車で十五分くらいのところにある「ふみの湯」（銭湯）によく二人で行きました。石黒さんは人形（フィギュア）の入ったバッグを三つくらい右手に持って、お風呂道具は左手に持って。「倒れたら危ないから置いとけば」と言おうと思ったんですけど、嬉しそうに持っているので、石黒さんの体を信じました。お風呂の中で人形を闘わせて、「エイヤー！」と声をこだまさせて遊んでいる姿を、お客さんはほほえましく見ていてくれました。石黒さんを通して銭湯でお知り合いになった方もたくさんいます。

石黒さんは人が困っていたら放っておけない、自分より弱い人には優しく、強いと思われる人が弱い人をいじめていると間に入って止める、自分が納得するまでは譲らない、という性格だったかなと思います。

健康診断の結果が思わしくなくて、病名を聞いたときには、目の前が真っ白というか夢を見ているような感覚にとらわれました。

石黒さんをどう支援していくかをみんなで考えるなかで、命を守るということが、こんなにも責任のあることだということを考えさせられました。自分の体がこんなに大変だったらあきらめていたかもしれない。ご家族がとても頑張られる姿を見て、石黒さんの「みんなと一緒に過ごしたい」という願いにどう報いるか、応えていくのかは生半可な気持ちではやれないと思いました。

石黒さんが入院される前、みんなで東武動物公園に行ったのが思い出です。食べたら吐いてしまうことが続いていたので、旅行の参加自体が心配な状態だったのですが、東武動物公園ではおいしそうに食べていましたね。それからレモンティが好きでした。

「集団のなかで楽しく一緒に過ごす」というのが、みぬまの理念ですが、石黒さんが亡くなった今考えると、職員と仲間から始まる関係ですが、仲間が仲間からもらう元気、仲間同士のつながりは、もしかしたら職員よりもっと強いものがあるのではないか、と。オレンヂホームで一緒に過ごしたMさんとの関係とか、職員には見えていない仲間同士の絆が石黒さんにとっては大事だっただろうし、仲間にとっても石黒さんの存在が大事だったのではないかと思っています。

それを強く感じたのが、みぬま支援コンサートでした。Hさんという一見怖いお兄さんが、ホールの最上段の席で石黒さんの写真を掲げて座っている姿を見たとき、仲間のつながりがどんなに強く深いかを思わせてくれた出来事でした。

Hさんの今までの生活や、太陽の家に入所する前のことを聞いていると、そういうことをする人ではないだろうと自分のなかでは思っていましたから。

障がい者の見方の原点となった出会い……佐藤智子

石黒さんは、私が太陽の仕事を始めて一年目のときに担当した仲間のひとりでした。私は障がい者の方たちと一緒に仕事をするということも初めてで、どう関わっていいかわからない。ただひたすら過ごすなかで、なぜか石黒さんは、きっと私のなかで好きな人だったと思うのです。いろいろおせっかいを焼いていた気がします。

はじめ石黒さんは和紙の仕事をしていたのですが、大好きなレンジャー隊のフィギュアの入ったバッグを、ロッカーにしまうかしまわないかで、仕事時間の三十分が終わってしまう。ようやく作業室に来てくれたと思ったら、またロッカーに見に行く。なかなか仕事ができない。私も一年目で、なんとか仕事をしてもらわなければという気持ちが強く、そのやりとりを毎日のようにしていた記憶があります。

そして十二月のある日、石黒さんに胸ぐらをつかみかかられるということがあって、初めて一方的に自分の意見を彼に押しつけて、彼の主張や彼のやりたいペースをさえぎっていたことに気づかされたんです。仲間にたいする見方、障がい者にたいする考え方の原点をいただいた恩人のような人です。石黒さんに出会ったからこそ、太陽での六年間をやってこれたんじゃないかと気づかせてくれた人だったと思います。

今から四年前の冬、みぬま福祉会の二十周年記念イベントに、大きいベニヤ板にひとりずつ木っ端に色塗りをして貼り付けたオブジェを作って出そう、という試みがあったんですよ。

そこで初めて石黒さんは、木にペンキを塗るとか、ボンドで貼り付けるなどの経験をした。そしたら和紙のときには見られなかった、なんとも集中する姿があって、その姿を見たほかの仲間たちも、「石黒さんは、ほんとは木工が好きだったんだ！」と、誰もが認める木工の仕事に彼は巡り合った。毎年四月一日に、仲間が自分自身でやりたい仕事を選ぶのですが、石黒さんは木工をやりたいと指差してくれました。

木工に出会えてよかった！　もっと早く気づいてあげればよかったなあって思いました。

木工の仕事を始めたら、誰よりも早く仕事を始めて、誰よりも遅くまで仕事をするようになって、和紙のときあれほど格闘した人形もまったく作業所に持って来なくなりました。ひたすらペンキを塗って色も塗って、ボンドでくっつけて、ほんとに楽しそうにいろんな作品を作っていました。声をかけるのをためらうくらい輝いた目をして仕事に向かっていましたね。

三年間一緒に〝たたら祭り〟のレンジャーショーを見に行って、石黒さんもレンジャーのポーズをして楽しんでいた姿がとても懐かしいです。それだけ大好きなレンジャーを超えて石黒さんを夢中にさせた木工の力ってすごいな、と思います。

二〇〇六年に、自分が担当をはずれて青谷さんが担当になるということを伝えるときに、涙が溢れてしまって……。自分でもびっくりしたんですけど、まさか担当を外れることがこんなにも悲しく、大事な存在だったんだなあと気づかされて、号泣したのを覚えています。

後日、石黒さんのお母さんから「息子と共に育ち合ってくれました」という内容のお手紙をいただきました。

それから二年後、病気のこともあって、また私が担当できたことがとても嬉しいし、光栄だったなあと思っています。

「怖くて怖くて」から「何かを託される」まで……東田拓也

僕が石黒さんに初めて出会ったのは、太陽の家で働き始めて二年目の、病状がもうかなりすんで入退院を何回か繰り返していたときでした。

入院生活をしているときに、所長のほうから「入院のお見舞いに行ってきなよ、とにかく何回も石黒さんに会っていろんなことを学んできたほうがいいよ」と、そんな感じで言われた。もともと僕自身が対人関係が不得意で、最初の頃は本当に怖かった！　まだ関係もできていないのに、僕が行ってどうにかなったらどうしよう、と行くこと自体に恐怖心があったんです。ほかの職員と一緒に行って、石黒さんの話を聞いて、「また来るね」という感じで毎回訪れていました。

数ヵ月して、石黒さんのお母さんが留守になるので、何時間か「居宅」（居宅支援制度）で入って欲しいということがありました。そのとき石黒さんと僕はレンジャーのプラモデルを渡されて、二人で説明書を見ながら作ったんです。それをきっかけに、なんとなく行けるようになりました。

半年ほどの短い期間でしたが、言葉ではない身振り手振りで探り合いながら、感じさせてもらいながらのコミュニケーションでした。最初は知らんぷりされていたのが、最後のほうでは別れのとき手を振ると、ちゃんと返してくれるようになったので、だんだん関係ができてきたのかなと感じ始めた頃だったんですよね。

そして石黒さんの最期のとき、石黒さんと目と目がすごく合った。その瞬間だったんですけど、そのときに何かを言いたかった、伝えたいことがあったんじゃないかと思ったんです。何かを託された、何か頑張れよと言われたような、そう感じたんです

衝撃を受けた石黒さんの恋――――高橋　実

私が初めて石黒さんと出会ったのは、石黒さんが和紙の仕事から木工の仕事に異動してきたときで、木工の担当をしていたのが私でした。それからずっと仕事を一緒にさせてもらいました。

木工用の作業着のズボンとジャージにいつの間にか着替えて、「登場！」という感じで、エプロンをつけると「ヘンシ～ン」という感じで変わっちゃう。すぐその世界に入ってしまうんですよね。エプロンにはいろいろなペンキがついていて、それがまたカッコよかったです。

石黒さんと誕生日が一緒で、私より一年先輩なんです。

Sさんのことに気づいたときは衝撃でしたね。「Sさん、お見舞いに来るのが遅いじゃん」くらいの勢いで待っていましたよね。女性には優しい石黒さんでしたが、Sさんは特別でした。

自分の世界を生きた人

佐藤　いつお見舞いに行っても、いつも自分のやりたいことがあって、人間それほど夢中になれるものに出会うと石黒さんみたいに生きられるのかなあと思うくらい、前だけを向いてやりたいことだけをやっているという姿がありました。最後のレンジャー隊の新しいバージョンが出たときも、それまで見せてあげたいねと言っていたら、春に、ほんとにそれを見てから……。

青谷　病室を出るときいつも、「また来るね、またふみの湯に行こうね」だけで、「さよなら」という言葉が言えなかった。

佐藤　青谷さんは石黒さんにとっては特別な存在で、石黒さんが青谷さんに向ける笑顔を、ほかの職員は誰ももらったことがないんですよ。青谷さんも、歯ブラシやスプーンや人形を使って、結構くだらないことをやるんですけど、それを見て笑っている石黒さんは、とてもいい笑顔をする。群馬の片品村に仲間の作品展を観に行くときも、マイクロバスの中での笑顔もそう、いつも青谷さんがそばにいるんですね。

初めてSさんがお見舞いに行ったときの石黒さんの反応は、お母さんも驚かれたくらい露骨で、まさかそれほどとは思っていなくて。

たしかに太陽でもSさんにたいしては優しかったんですよ。レンジャーの人形を男性の仲間が取るとすぐ取り返しに行くのですが、Sさんが取っても、遠目で見守っているという感じで。ほかの女性の仲間との関係を見てもそれほどではなかったので、Sさんだからなんだと思いました。

Sさんは嬉しすぎると発作を起こすんですが、お見舞いで病院に着くと発作が出て、「太陽に戻ろうね」と車に乗り込むと止むんですよ。それが偶然だと思っていたら何回か続いて、「これは偶然じゃないね、Sさんも石黒さんの存在が特別だったんだ」とほかの職員と話しました。

Sさんは障がいの重い女性なんですけど、Sさんもお見舞いに行ける限りは石黒さんのところに行ったんですね。すごいなと思いました。Sさんのお母さんもとても喜ばれて、「障がいの重いうちの子でも役に立つんですね」と話されていました。

職員たちの覚悟……石黒君を守ることが仲間を守ること

佐藤　二〇〇八年二月二十二日、お母さんからの要望書を受けて、そこで初めてどういう支援をしていこうかと具体的な話し合いをしました。みんな、その願いをどこまでやりきれるか、やるしかないという気持ちではいたんですけど、石田るり子さんが間髪いれずに、「大丈夫ですよ！」とサラッと言ったんです。あの一言がみんなの気持ちを決めましたね。

そこで、所長の松本さんに石黒さんの事情説明をお願いしたら、松本さんが仲間たちに「なぜ石黒君は大事なのか考えてみよう」と鉛筆を見せながら、わかりやすく話してくれました。

「鉛筆がなくなったらどうするの？」

「文房具店で買います」

「じゃ石黒君がいなくなったら困るでしょ。それが〝かけがえがない〟欠けて代わりがないということなんだからね。石黒君が今大変だから大事にしようね」と石黒さんの病気を全部説明して、「でも石黒さんは、太陽で仕事をしたいという願いを持っているので、みんなで一緒に頑張っていきましょう。特別視することはせずに、いつも通りにやっていきましょう」と。

その日から職員は、ホコリひとつ落とさないように仲間にも掃除を徹底してもらい、手洗いもしっかりして、みんなで石黒さんを守ろうと。仲間もそれを嫌と言う人は誰ひとりいなくて、ふだんは嫌がるマスクもしっかりしてみんな一生懸命、仲間のためなら頑張れるという感じでしたね。

最初の会議のときに、私が所長の部屋を訪ねて、「石黒さんを特別にしていいですか」と聞いたらしいのです。そのときに所長は「今必要としているのは石黒さんであって、また別の仲間にそういう状況が出てきたら精一杯のことをやるでしょう？　だから今は石黒さんだけど、別にそれは特別なことではない」と。その所長の一言が大きかったですね。

ほかの仲間のときも、きっとまた仲間も職員も全力で関わるんだと思ったので、取り組みがここまでやれたんだと思います。

青谷　石黒さんのご両親のお話を聞いて、職員はすごく心打たれて、頑張ろうという気持ちになりましたよね。石田さんからはスケジュール表を見やすく、書きやすくと、何度もダメだしを受けて作り直したり、みんなで石黒さんを守ろう、というのを共有できたことがすごくよかった。

佐藤　日中は太陽で、夜はオレンジホームで過ごすので、共通にして大切にしなければいけないことを、その表や連絡帳で確認し合って、班会議だけではなく日中の立ち話でもしょっちゅう情報交換していました。

オレンジのほうでは交替制なので、体を清潔にする、夜は寒くないようにして休むなどの健康管理、また血圧、樹木茶を飲ませる時間や分量など記録してもらって、薬が変わったときなど、お医者さんの診察のときにデータとして出せるように、支援会議で話し合いをしました。

きちんと四人で情報を共有して、一日一日後悔することのないように、自分たちのできることはすべてやろう！　と常に言いながら、毎日がそういう積み重ねでしたね。

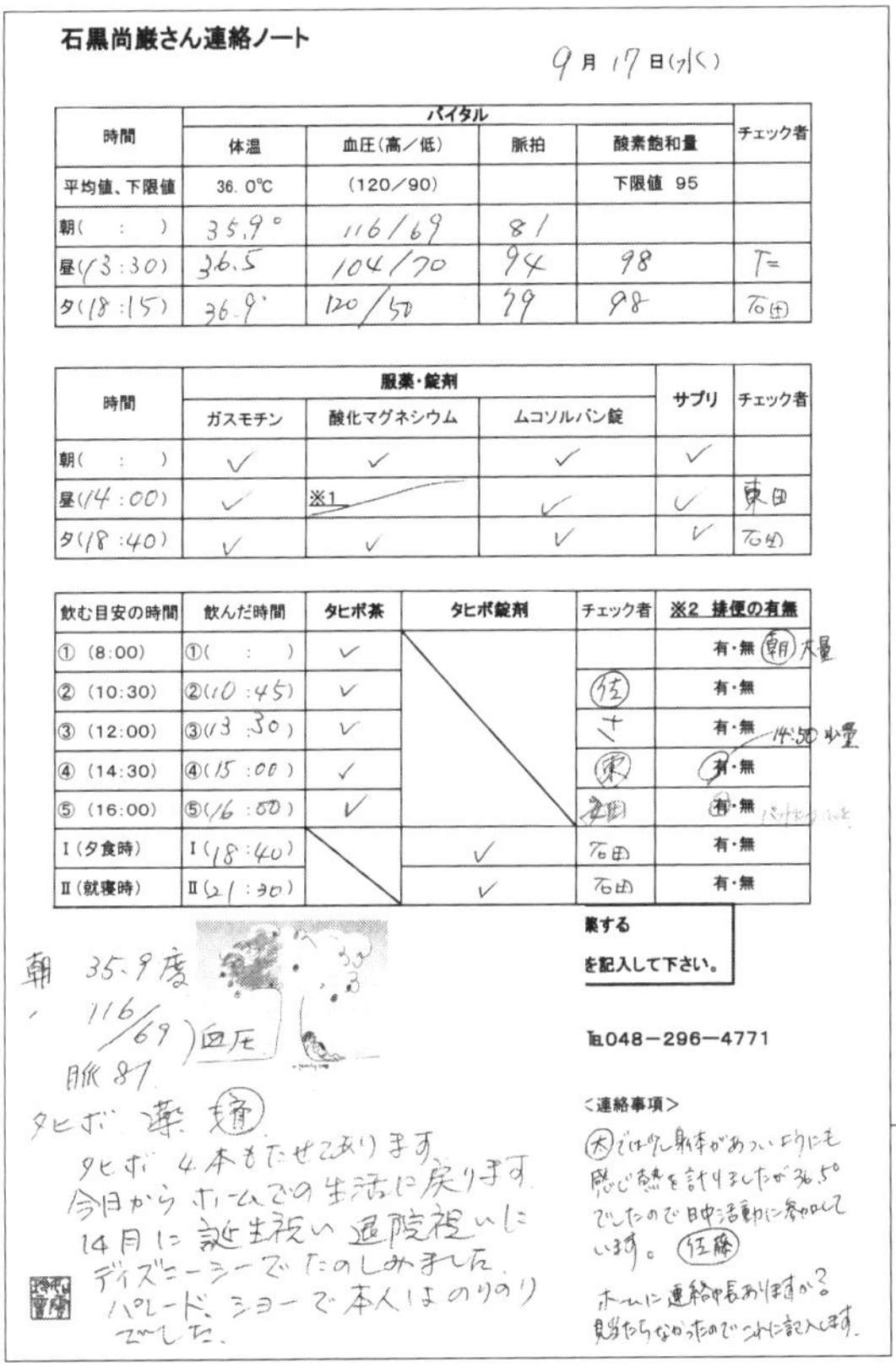

石黒尚巌さん連絡ノート

9月17日(水)

時間	バイタル				チェック者
	体温	血圧(高／低)	脈拍	酸素飽和量	
平均値、下限値	36.0℃	(120／90)		下限値 95	
朝(　:　)	35.9°	116/69	81		
昼(13:30)	36.5	104/70	94	98	T=
夕(18:15)	36.9°	120/50	79	98	石田

時間	服薬・錠剤			サプリ	チェック者
	ガスモチン	酸化マグネシウム	ムコソルバン錠		
朝(　:　)	✓	✓	✓	✓	
昼(14:00)	✓	※1	✓	✓	東田
夕(18:40)	✓	✓	✓	✓	石田

飲む目安の時間	飲んだ時間	タヒボ茶	タヒボ錠剤	チェック者	※2 排便の有無
① (8:00)	①(　:　)	✓			有・無 朝 大量
② (10:30)	②(10:45)	✓		佐	有・無
③ (12:00)	③(13:30)	✓		さ	有・無 14:50 少量
④ (14:30)	④(15:00)	✓		東	有・無
⑤ (16:00)	⑤(16:00)	✓		石田	有・無
Ⅰ(夕食時)	Ⅰ(18:40)		✓	石田	有・無
Ⅱ(就寝時)	Ⅱ(21:30)		✓	石田	有・無

薬する

を記入して下さい。

朝　35.9度

116/69 血圧

脈 81

タヒボ 薬 済

タヒボ 4本もたせてあります

今日から ホームでの生活に戻ります

14月に誕生祝い 退院祝いに

ディズニーシーでたのしみました

パレード、ショーで本人はのりのりでした。

℡048－296－4771

<連絡事項>

太では少し身体があつい ようにも感じ熱を計りましたが36.5°でしたので日中活動に参加しています。佐藤

ホームに連絡帳ありますか？見当たらなかったのでこれに記入します。

最後まで一緒に生活できた幸せ

佐藤　どの職員もどの仲間も、最後の最後まで一緒に生活を共にして、関わり続けて、送る会もみんなで参加することができて、最後まで見送ることができたのはよかったです。

私たちがやってきたこともけっして無駄ではなかった。だからこそいい思い出として残っているし、仲間にとっても、石黒さんの存在は生き続けている。Hさんのどこに行くにも写真を持っていく行動に出ていたり、Sさんが成人式のときに石黒さんの写真に会いに行ったり、最後まで仲間の中で生き続けたんだと思います。

石黒さんが亡くなった朝、それを聞いたHさんが、血相を変えて病院の中を走り抜けて病室まで行ったんです。Hさんのああいうところを見たのは初めてで、あの姿は印象的でした。

亡くなったあとしばらくして、仲間のひとりが「石黒さん、そこにいるよ」って言ったんですよね。

石田るり子さんと語る（聞き手＝石黒和枝）

～施設に人を合わせるのではなく、人に施設を合わせる～

家庭で一生懸命育てられてきた人

石黒　病名がわかったとき、息子を自宅で看るという選択肢もあったけれど、それでは息子の世界をせっかく広げてきたのに、親が閉じ込めてしまう。これまでの生活を続けさせてもらうことが息子にとってもいちばん。それしか考えられなかった。そのときに「大丈夫ですよ」という石田さんのさらりとおっしゃった一言が決め手になったと聞きました。

石田　石黒君とは太陽で七年、ホームで十一年間一緒でした。その積み上げがありましたし、安田さんや新井さんという石黒君をよく知るメンバーが看ていましたので、そんなに不安はなかったです。できないことではないと思っていました。

最初M君と二人部屋で、あとから一人部屋になりましたが、石黒君は自己主張をきちんとする人なので、いきなりだったら難しい面もあったかもしれない。

石黒君は、家族の人に一生懸命育てられてきたんだなあと思える人でした。食事もきちんとできるし、洗濯物を干したり、たたんだりと、自分でやれる。小さい頃からの生活のなかでちゃんと出来上がってきている。なんの問題もなかったし、看るのも当然という思いもありました。

がん治療の樹木茶を飲ませたり、薬を塗ったり、ケアする必要があるとしても、そういう手をかける大変さはたいしたことではない。障害は軽くても、精神的に気を遣う人のほうが、違う大変さがありますから。

彼はオレンヂホームで、やりたいこと、好きなことがあって、自分の世界を持ち、好きなように自分の時間を過ごせる人。そういうものを持っていてよかったな、って思います。

ダウン症で産まれた我が子

石田　自分の子どもの二人目がダウン症で生まれ、二ヵ月で病院で亡くなりました。そのときに、亡くなった子どもがおとなになったら、どのように成長していたんだろう、実際に自分の目で見てみたいと思って「太陽の家」を見学に来たんです。

晴天の霹靂《へきれき》でした。重い障がいの人がこんなにいっぱいいる。そこではまだうら若い女性が、いい青年を介助しながら動き回っている。それを見たとき衝撃を受けて、私でも何かできることはないかと、その日からボランティアを始めて、一年後にパートで働き始めました。

石黒　お子さんがもし生きていて成長していたら、どんな未来があったかなと思われて……。

石田　そうですね。電車やバスにあの子と一緒に乗れたかな、外に一緒に出かけられたかしら、この子はふつうの生活ができたのかしら、と。

だからできるだけ仲間を外に連れて行きたいと思っていましたね。何かきっかけをつくって月に一度くらいは、お茶会といってファミレスに行ったりしたいなと。

石黒君だって、行ってみたいところもあっただろうし、見たいものもあっただろうな、たまには連れて行けたけど、十分とはいえなかったから……。

先日、たまたま太陽が休みだったので、日帰り温泉に連れて行けましたけど。

車椅子だと、外に出るのも大変なところがある、外に出てみないとみんなもわからないし、世のなかの人にも知ってもらうことも必要ではないかと思っています。誰でもがやっている外に出てふつうに生活する、そういうことが当たり前にできる社会になればいいなと思いますね。

石黒　おやこ劇場主催の観劇にもよく連れて来てくださった。コンサートに行ったり、買い物にあちこち連れて行ってもらったり、アメ横などにも。息子も後楽園に連れて行ってもらった。
それをふつうのことのようにやっているすごさを感じています。

石田さん優しい?!

石田　私、この仕事を始めて、自分が全然いい人じゃなかった、ということがよくわかったんです。息子がまだ小学生で、午後四時までのパートで仕事していた頃、ちょうど家族の人が仲間を迎えにくる時間なのに、その仲間が外に出て行っちゃった。

「私四時で帰るんだから、出て行かないでよ！」と、その辺まで歩いて行った仲間を、ものすごい勢いで連れ戻した。そのとき彼が言ったんです。「石田さん、優しい⁉」って。

見た目は優しそうにしているけど、私ってほんとは優しくないなと。自分自身を思い知らされています、ここで。

ホームは一人職場で、泊まりもあるし、もうひとり人数がいたらもっと自分を抑えられるのに、と落ち込んだり、思わず電話して、ほかの人の優しい言葉を聞いてほっとしたり……。

石黒 そういう厳しい職場環境なのに、息子を受け入れることに躊躇なく「大丈夫！」とおっしゃった。

石田 とにかくお母さんの一生懸命な姿を見て、この家族を支えてあげたい、石黒君のこともあるけど、この家族の力になりたいと思ったんです。それぐらいしかできないなって。

石黒 ほんとに支えてもらいました。石田さんがいてくださらなかったら、きっと私の精神状態は冷静でいられなかっただろうと思います。

息子の症状をただ毎日見ているだけでは、明るいものが何にもない。自分がバランスをとっていくのが困難な状況のときに、石田さんが「私が付き添いを代わりますから、太陽の会議に出られませんか」と声をかけてくださった。会議に私が出たってどうってことないんだけど、私が出たかった。夫の状況も非常に悪かったけれど、週末には娘に頼めたから。

ホームではうちの子に限らずそういう状況になったら同じことをやってくれたと思っていま

す。「難しい」と簡単に言うのではなく、どういうことをすればこれがやれるのかを考えてくれる。

石田　そうですね。もう帰る家がないという人もいる、家族のいない人もいる。そういうことをやるのは当たり前と思っていますね。ホームだけではなく、太陽の職員とも連携をとって、話し合ったり手伝ったりしながら、なんとかやれる方向で努力します。親みたいな気持ちですね。

石黒　仲間の願いを実現するという理念が貫かれていますよね。

石田　直接願いを言ってくる人もいれば、「どうする？」って聞いたり、言えない人の場合は、自分たちなりに気持ちを察したり、判断したりしながらやっていますね。

石黒　年に二回くらいある親も含めた会議では、親から離れて生活している姿をお互い情報交換して確認できたり、子どもの自立した姿を知る機会になりました。

石田　月に一回スタッフ会議があるのですが、問題点の話が多くなりがちなので、ほんとは「もっとこうしてあげよう」というような、前向きな話ができるといいなあと思っています。

「面倒をみてあげている」がないホーム

石黒　親がホームを訪ねたとき、マイナスのことばかり言われると、言われて当然の部分があるし、親としてはわかっていることなので、つらいですよね。そうなると、ここから足が遠のくと思うんですけど、それが全然ないのです。逆に一緒にお茶飲んでる、というような雰囲気で、訪ねたときとても心地いい。

お宅のお子さんを預かってあげている、私たちは面倒をみてあげてるんですよ！　ということがいっさいないんですよね、ここは。

石田　介助の必要な仲間がいたとき、「何か人にしてもらったら、ありがとうと言おうね」とは言っても、スタッフが何かやってあげたとき「ありがとう、だろ」と言わせると、それはおかしい、仕事なんだから、と思ってしまう。こっちがさせてもらってありがとう、だよなと思う。

ここは訓練の場ではなくて自分の家庭だと思うんですよ。それが基本ですね。仕事場とは別にあるくつろげる家。そういう考え方でいいんじゃないかなと。

私、自分が自由でいたい人なんです。二十年なり三十年のその人なりの人生を過ごすなかで身についた習慣がある。それをああしろこうしろと、自分の考えや意見を押しつけたくないですね。

私ひとりではやれなかったけど、スタッフがいるからやれる。「お茶でもどうぞ」というのは私ではなくて、きっと別の女性の方たち。私の気がつかないところをカバーしてもらってますね。

石黒　家庭のように、その人のペースでその人らしく過ごせるホームだった。

石田　「ホームの生活を豊かに」ということを目標にやってきているけれど、とても難しい。その人らしい生活と言うけれど、「その人らしい生活っていったい何？」という結論は出ないままなんです……。

オレンヂホームで

～教育の場ではなく、その人らしくいられる空間に～

野崎壮一、水野實、新井由美子

十人いれば十通りの生活の創り方がある

野崎　オレンヂホームができた経過は、親と離れて暮らしたいとか、逆に家から離したいという仲間が石黒君以外にもいたことと、住む家がもうない、という切羽詰った人もいたことです。

しかし「みぬま福祉会」にはオレンヂホームのほかに「太陽の里」という大きい生活施設が白岡にある。それなのになぜここに生活ホームを創るのかという議論がありました。

そのときに所長の松本さんを中心に考えたのは、人間の、とくに障がいを持っている人の発達は誰にでも保障されなければならない権利だ。その権利を保障していくのが職員の役割だ。保障していくためには太陽の里が一つあれば、障がいを持っているすべての人の権利が保障されるのか、そうではないだろう、と。

太陽の里は、正規職員も多く建物にも余裕がある。しかしここは栄養士さんも看護師さんもいない。正規職員は誰もいなくて、パートという不安定な労働条件の人たちのやる気と善意だけで支えられている。極端に言えば、そういう法的な制度の裏づけが何もないところだ。

それでも新しく創る意味は、太陽の里は六十人定員、その代わり職員の手数も厚い。そういう集団で自分の力を発揮できる人もいれば、オレンヂのように小集団の暮らしのなかで自分の力が発揮できる仲間もいるだろう。十人いれば十通りの暮らし方がある。だから自立の権利を保障するには、いろいろな暮らしの形態を作っていく必要がある。それには太陽の里も必要だしオレンヂホームも必要だ、ということで始まったのです。

創るにはそれなりの覚悟が必要だという松本さんの問題提起だったと思います。

ではどういう生活ホームにするか、試行錯誤するなかで決めたのは、食事の時間と、お風呂の時間は十二時までにというくらい。食事の時間は、理由がある場合は別として、作っている人にあまり負担がかからないようにという理由で。基本的には人に迷惑をかけないというルールがあるくらいで、あとは自分のしたいように過ごす。

みんなで集まって、みんなで同じことをするという生活のしかたはしていない。

全員が太陽の家を利用しているので、日中活動を一緒に過ごしている仕事仲間としての班はあるけれど、オレンヂでは、班はばらばらだけど暮らしを一緒にしている同じ屋根の下の仲間という雰囲気がある。同じ屋根の下で暮らすというのはつながるものがあるんだなと思いましたね。

石黒君にしても、一緒に何かやったというのではなく、一部になっている、今もここにいる感じがする、そういう感覚なんですね。

石黒君には、それまでもおやこ劇場なんかでお母さんが一生懸命育ててきた、いろんな人と関わってきた成果が大きいと感じますよね。

水野　私は彼ととても楽しく遊びました。だいたい「仮面ライダー！」「ライダーキック！」の戦隊ごっこでしたね。そのうち取っ組み合いになって。石黒君は体が小さかったから、僕が石黒君の上に乗ると、仮面ライダーが怪獣に負けたら大変だ〜って、悔しそうな顔になる。こんどは僕が下になってあげると、嬉しそうな顔をして正義の味方が怪獣をやっつけた！　という顔をして「ウォ〜」と雄たけびして、という遊びをよくやりました。

そのときも、お母さんの育て方がとてもよかったんだなあと思うのは、そのゲームが終わると、石黒君が殴ったりキックしたところをちゃんと憶えていて、そこをなでてくれるの。「痛くない？」というように、「お〜ごめんごめん」と言ってくれるのね。言葉はないんだけど、そういうとても気持ちの優しい、育ちのよさを感じさせる人でした。

新井　生活面でもホームにいるときは自分のことはちゃんとやる。洗濯も自分でして夜中でも干していましたから。食べ物なんかも残さずにきれ〜いに食べてくれましたね。

石黒君はシンケンジャーのテレビが好きで、仲間も一緒に見ていました。そういう意味でコミュニケーションがとれていましたね、好きなものが一緒だと。

水野　自分の部屋に他人が入ってくるのを嫌がる人もいるんですけど、石黒君は「みんなおいで」という感じで、拒否しない性格。自分から呼んではいないけど来るもの拒まずで、石黒君の部屋でみんなと仲良くテレビを見たり、遊んでいる。そういうところがとてもおおらかでした。人を警戒する人も石黒君とだけはうまくいくんですね。お母さんに育てられた環境が人とうまく関われる環境だったんじゃないかなあ。

野崎　みんなでふみの湯（銭湯）によく行ったね。

ふみの湯でもいろんなお客さんに「よう元気か」なんて声かけられてた。石黒君のほうから積極的に話しかけたりアプローチをするわけじゃないけど、みんなに好かれていたよなあ。

水風呂に入ったときのエピソードだけど、体冷えちゃったのかな、水風呂の中でいきなり立ち上がっておしっこしちゃった。ちょうどそこに、いつも石黒君に話しかけてくれる刺青してるようなお兄さんだけど、凄くいい人で、その人がサウナから出てくると、その水風呂にザブッともぐって、「水風呂は気持ちいいなあ、最高だなあ」って。そしたら石黒君が頭掻くような感じで、そーっと出てきた。（爆笑）

石黒君を表現するとき、「みんなと一緒にいながら自分の生活を淡々と過ごす」という言葉がぴったりですね。全介助に近い状態なのに、石黒君を見ていると、手助けなしでは何もできないということが前面には出てこない。淡々と過ごしているというのが第一印象であって、周りの人と一緒にいるという言葉のほうが似合う。周りの人は、ことさらそれをやってあげようとか、あまり考えないで自然にやってしまう、石黒君の魅力に惹かれるようにして。

「淡々と」というのが、元気なときだけではない、亡くなる寸前まで周りの人に気を遣いながら、最後までそうだった。あそこまで淡々と生きていけるというのは、もう尊敬に値する。それくらいにたぶん太陽の職員も同じように感じていると思いますね。

石黒君に合わせてホームを創ったわけではないし、周りの人には感じさせないけど、みんなと一緒に暮らす努力は相当していたと思いますね。目に見えるところでは僕らが介助しているかもしれないけれど、いちばん大元では石黒君がホームの暮らしに合わせて淡々と生活してくれていたのかなと思う。人の前を通るとき、手を上げて通りますよ。

新井　オレンヂの前はふつうの民家を借りたホームから始まったので、それもよかったのかもしれない。もうひとつは、ご両親が小さい枠のなかで育てなかった、大勢のなかで育つ、それが大事という思いで育てていらっしゃったのがよかったと思うんですね。

石黒　ホームから帰ってきた最初の日は、ものすごいいびきかいて爆睡するの。ああ、この人なりに気を遣っているんだなって思いましたね。だからいろんなことがおとなになっていく。それを感じさせてもらいました。ホームでみんなと過ごせて楽しかったんだと思いますよ。

野崎　「暮らしを創る」ということは奥深くてよくわからないんですが、日中活動は仲間と一緒にこれを頑張ろうという取り組みができますけど、暮らしというのは、頑張らないのが暮らしだろうと思う。だからオレンヂのような暮らしの場の職員は、何を大事にして暮らしの場をどう創っていけばいいのだろう、というのは手探り状態で、とても難しい。

水野　このホーム創りに関わるとき、規律をみんなで守って、きちんとした生活ができるようにするとか、何かができるようになるというような教育の場ではなく、憩いの場にしたかったんですよ。みんな昼間は仕事してくるわけですから、オレンヂに帰ってきたら、アットホームでくつろげる場にしたい、というようなことをいっぱいしゃべり合いましたね。

野崎　太陽の理念がベースにありますね。一人ひとりに合わせた取り組みをするのが太陽のやり方で、そのことは所長も日頃から言っていますし、相当ていねいにやるようにしています。

一人ひとり楽しさは違う。面白おかしい楽しいだけでは長続きしませんから、やっぱり本人がその人のラインで頑張れて、その成果がみんなのなかで認められる、その人に合った楽しさ、というのをたぶんどの職員も追求しているだろうと思います。何かができるようになる、たとえばひとりでトイレに行けるとか、そういう目に見えることができることだけが大事とは、誰もうちの職員は思っていないと思いますね。

もっと内面が豊かな、というと表現が曖昧になるのですが、個人的には「今日も太陽って楽しかったな」と寝る前に思ってもらえて、朝起きたら「あ、今日も太陽に行こう！」とまず思ってもらえるような居場所。ホームもその流れできているんじゃないかなあ。

石黒　人と関わる以上ある程度の我慢はお互いに必要で、それを越えて我慢すると居心地悪くなるけど、居心地のいい関係であれば逆にそれは豊かさになるのではないでしょうか。スタッフの人も居心地よさそうにしていたので、家庭ではない豊かさを息子はもらっていたと思います。

あとがき

このたび思いがけず本を出版するという機会をいただき、私たち家族は尚巌ともう一度歩くことができ、大変幸せな時間でした。

おやこ劇場のメンバーで構成した「おひさまの会」の皆様に励まされ、支えられてここまできました。私のつたない文章が、皆様の力をお借りして、生きいきと走り出したように思います。

私はこの原稿を書き終えた頃、やっと「おくりびと」の映画のＤＶＤを観ることができました。映画の一つ一つの場面を我がことのように思い出しながら観てしまいました。

そしてラストに近いシーンで語られる「死は門である」「死は終わりではなく、そこを潜り抜けてつぎへ向かう門である」という台詞に胸がいっぱいになりました。

尚巌が亡くなって七ヵ月過ぎた十二月、大宮ソニックホールでみぬま福祉会支援コンサートが開かれました。所長の松本哲さんに「お母さん、ホールに入られましたか」と誘われ、中に入ってみて驚きました。太陽の家の仲間のひとりが尚巌の大きな写真を頭上にかざし、大きく揺らしながら一緒にリズムをとっていたのです。

その姿が目に飛び込んできて、全身鳥肌が立ちました。尚巌も一緒に参加させ楽しませてくれていた姿に、仲間の心の豊かさ、絆の強さに深く感動しました。

尚巌は「門」をくぐりぬけて、新しい世界に行ったのだと納得できました。

そして、亡くなる前日の「奇跡の三時間」では、尚巌は別れを言ったのではなく、「新しい世界に行ってもよろしく」と伝えたのではないかと思えるのです。

その後も、施設のイベントがあるときは、いつも仲間が尚巌の写真を持って参加してくれています。「尚巌は今も皆と一緒なんだ」と感じられ、幸せな時間をいただいています。

今、あらためて、尚巌は本当に多くの皆様に生かされて三十六年間歩いてきたのを感じます。

この間、社会的にはとても大きな動きがありました。障がい者の生命を脅かし、生きる権利まで否定された障害者自立支援法。障がいを持ったことを自己責任とし、福祉に応益負担を強いるこの法律に、障がい者自身が原告となり（全国で七十一名）、国に対して違憲訴訟を起こして裁判を続けてきました。みぬま福祉会からも三名が参加し、私たちの代表として頑張ってきました。

そして、二〇一〇年四月、法律が憲法違反と認められ、廃止されるという歴史的な瞬間を迎えることができました。

今、障がい者の権利条約を生かした新しい法律作りが始まっています。条約を生かし、人として当たり前に生きられる人間の尊厳を基本にすえたものにするために、障がい者自身も構成メンバーに入って進められています。

私は、すべての人にとって生きやすい社会の糸口になるように思えるこの法律の実現に向けて、これからも一緒に歩いていきたいと思っています。

このたび本を出すにあたり、「川口太陽の家」所長の松本さんはじめ、職員の皆様、オレンヂホームの仲間とスタッフの皆様に取材と協力をいただきました。

長い入院生活でお世話になった埼玉協同病院の看護師の皆様にも取材させていただきました。

シンガーソングライターのたかはしべんさんにも一文を寄せていただきました。

また、私と尚巖の散歩コースのイラスト、本文のカットを描いてくださったおやこ劇場育ちの桜井愛子さん、一文を寄せていただいた尚巖と同世代の劇場の青年の方々。また機会あるごとに写真を撮ってくださった増田悦子さん、本の装丁・デザインで素敵な出会いとなった阿部美智さん、編集を手がけてくださった出版社サンパティック・カフェの藤崎さよりさん。

たくさんの方々のおかげで、なんとか人様の前に出せるものになりました。感謝申し上げます。

そして尚巖への最高のプレゼントができたことを大変嬉しく思います。

二〇一〇年　十月

石黒　和枝

石黒和枝

1947年　山形県生まれ
高校卒業後上京。

短大保育科卒業後都内の養護施設に勤務。

子どもたちの置かれている状況の厳しさを体感する。

長男の出産を機に退職。障がい児の子育てに悩み続ける。

子ども劇場・おやこ劇場運動に出会い、人生の光を見出す。

1979年、川口おやこ劇場創設に関わり、20数年事務局運営に携わる。

1993年、長男がみぬま福祉会「太陽の家」に入所後から障害者運動に関わるようになる。みぬま福祉会理事。

1998年、福祉の常設店「こらんしょ」をおやこ劇場の仲間と開設。

2000年、市民、障がい者団体、社会福祉協議会三者の協働事業による福祉の常設店「ふらっと」開設に関わる。

おひさまの会（編集委員）

石黒和枝	石黒志乃
上村博子	金澤優子
川上典子	小宮冨美子
佐野美和子	佐藤恵子
佐藤ミツ子	高野勝子
高橋幸子	野口ひさゑ
舟橋かつ代	増田悦子
町田友子	宮内啓子
安田サキ子	

たんぽぽのうたがきこえる

2010年11月20日　初版発行
2014年 6 月30日　第 2 刷発行

著　者●石黒和枝＋おひさまの会

発行者●藤崎さより

発行所●㈱サンパティック・カフェ
〒359-0042　埼玉県所沢市並木7-1-13-102
TEL 04-2937-6660　FAX 04-2937-6661
E-mail：sympa@z.pekori.jp

発売元●㈱星雲社
〒112-0012　東京都文京区大塚3-21-10
TEL 03-3947-1021　FAX 03-3947-1617

印刷・製本●シナノ書籍印刷㈱

ISBN978-4-434-15033-3　C0095

ブックデザイン――阿部美智
（オフィスアミ）

あなたは 私の生きる
道に光をくれ、照らし
続けてくれましたね。
36年間ありがとう
あなたの親でいられたこと
の幸せと誇りを感じます。
あなたのみごとな生き様
に拍手!!
ゆっくり おやすみね。!!
（母．和枝）
おにぃ、おにぃの生き方を
私に見せてくれて 本当に
ありがとう。
にぃの優しさ、強さ、責任感
族、友達仲間への思いやり
にぃの生き方を最後まで貫く
さ。
にぃは いつまでも私の兄で
からも、とても大きな存在だよ。
くさんの愛をありがとう。
大好きだよ！
（妹．志乃）

ありがとう　石黒　尚巌

一九七二年九月九日生～二〇〇九年六月八日歿　享年三十六歳